괴들남의 **현실공포**

❶ 산 사람을 위한 제삿밥

일러두기

이 책은 제보자의 실제 사연을 토대로 작성되었습니다. 제보자의 개인정보를 보호하기 위해 인명, 지명 등을 변경하였음을 알립니다.

괴들남의 **현실공포**

❶ 산 사람을 위한 제삿밥

괴들남(김성덕) 지음

BOOK∧ER

들어가며 당신의 일상이 공포가 될 때

TV 프로그램 〈전설의 고향〉을 아는가? 〈토요 미스테리 극장〉이나 〈이야기 속으로〉는? 나는 어린 시절 이런 프로그램을 보고 자랐다. 그리고 어른이 된 지금은 유튜브 채널 〈괴들남 공포 이야기〉에서 무서운 이야기를 들려주고 있다. 괴들남은 '괴담 들려주는 남자'의 줄임말이다.

이 채널은 수많은 사람이 제보한 실제 경험담을 나누는 곳이다. 자연스럽게 다양한 괴담을 접하게 되었고 세상에는 상상할 수 없을 만큼 소름 끼치는 사연이 있다는 것을 매일 깨닫고 있다. 설명하기 힘든 현상, 사람이 무서운 이야기 등이 가득하지만 그중에서 가장 두려운 것은 일상생활에서 소름 돋는 일이 일어났을 때라고 생각한다.

《괴들남의 현실공포》는 가장 인기 있는 현실공포 사연을 모아서 엮었다. 또한 유튜브에서는 다룬 적 없는 미공개 에피소드도 수록했다. 이 책은 눈에 보이지 않는 존재로 인한 섬뜩하고 충격적인 이야기, 이해하고 나면 더욱 무서운 이야기, 보는 관점에 따라 안타깝고 애처롭게 느낄 수 있는 이야기가 담겨 있다. 사연자들이 직접 겪은 생생한 실화 경험담을 읽다 보면 진정한 공포를 느끼게 될 것이다.

2023년 4월

괴담 들려주는 남자, 김성덕

차례

산 사람을 위한
케삿밥

친구를 통해 건네 들은 지인의 이야기입니다. 저는
서울에 살고 있고 이야기의 주인공은 인천 송도에 살고
있다고 들었어요. 그 지인이 대학을 갓 졸업했을 때의
일입니다.

스물다섯이 된 지인은 진작에 군대를 전역하고 대
학까지 마쳤답니다. 있다면 있는 집안에서 자랐지만 씀
씀이가 크지 않았기 때문에 용돈을 야금야금 모을 수 있었고 졸업할 무렵에는 500만 원 쯤 손에 쥐었다고 했죠. 지인은 그 돈으로 정장을 한 벌 살까, 시계를 하나 살까 궁리하며 행복한 고민을 하던 도중 여행이 좋겠다고 생각했답니다. 졸업해서 시간도 많고 집안 형편 덕분에 취직이 절실하지도 않았으니까요.

그런데 부모님께 말씀드리니 결사 반대하시더랍니다. 부모님은 "아닌 말로, 일 년만 늦게 취업해도 너보다 어린 선배 만나서 아니꼬운 거 참아가며 일해야 한다. 그러느니 당장에 취직하고 그 돈은 저금해놓자"고 말씀하셨대요. 평소에도 부모님의 잔소리에 억눌려 있던 지인은 거의 일주일 동안 부모님이 반대하시자 아주 질려버렸고 그 길로 집을 나왔다고 해요.

그 뒤로 거의 두 달 동안 전국 각지를 떠도는 여행이 시작되었어요. 사진으로 봤던 관광지나 인스타 맛집을 들쑤시고 다니면서 "하! 내가 이런 것도 모르고 살아왔구나" 하고 신이 났대요. 하지만 노는 데도 끝이 있는 법. 두 달쯤 지나자 돈은 돈대로 떨어져 가고, 노는 일에도 질려서 어느 모텔방에 박혀 철 지난 영화나 들춰보고 있었죠. 그러고 있으려니 '취업을 했어야 하나'라는 생각이 살짝 올라왔지만 '아직 어린 나이니까 일어날 기회는 얼마든지 있어'라고 스스로를 달랬대요. 급기야 아예 취직하고 집도 마련해서 성공한 다음 집에 연락하겠다고 생각했다고 합니다.

하지만 집도 절도 없는 떠돌이 처지에 괜찮은 아르바이트 자리를 구하기란 '하늘의 별 따기'였습니다. 통장 잔고는 50만 원, 40만 원, 이윽고 10만 원까지 떨어졌어요. 내일은 어떻게 되겠지, 다음에는 되겠지 하던 것도 순식간에 지나가 버리고 어느새 땡전 한 푼 없이 길바닥에 내몰렸죠. 이렇게 되자 일을 구하는 것은 더욱 어림도 없어집니다. 거처가 불확실한 사람을 누가 고용하겠어요.

이런 처지에도 오기가 생겼는지 집에는 연락하기 싫었다고 합니다. 어쩌면 취업으로부터 도피하고 싶었던 것일지도 모르겠어요. 집에 돌아가게 되면 일상으로 복귀해야 할 테고 자연스럽게 취업 이야기가 나올 테니까요. 평생 '우리 집은 잘사니까 괜찮아'라며 회피해온 현실에 부딪힌 것이죠.

잘 곳이 없어서 은행이니 도서관을 전전했고 먹는 것도 시원찮았나 봐요. 하물며 낮밤이 바뀌어 씻지도 못했다니 어려웠겠어요. 불행인지 다행인지 먹고 입는 것에 까다로운 성미는 아니었고, 집을 나온 지 1년이 되어갈 때쯤 지인은 아주 노숙자가 되어버렸다고 합니다. 배고프면 길거리에 있는 것을 주워 먹던가 아니면 어디 편의점이나 가게 가판에 내놓은 것을 훔쳐 먹었대요. 잠은 대게 여러 동네를 전전하며 도서관이나 공원 화장실 같은 곳에서 잤고요. 요금을 못 내서 끊긴 휴대폰은 도서관이나 공원 화장실에서 몰래 충전해 밤 동안 위안 삼아 지새우고, 낮에는 남들이 보지 않을 만큼 구석진 곳에 숨어 잠을 자는 생활이었죠.

그러던 어느 날, 뭘 잘못 먹은 건지 아니면 오랜 노상 생활에 몸이 망가졌는지 몸살 기운이 돌았다고 해요.

몸은 으슬으슬 춥고 목이 부어 말도 제대로 할 수 없었죠. 팔다리에 힘이 쑥 빠져 돌부리에 걸리기라도 하면 실 끊어진 인형처럼 엎어지는 일도 다반사였고요.

앓기를 나흘째. 엎친 데 덮친 격으로 꿈자리까지 사나워지기 시작했대요. 자려고 몸을 옹송그리고 눈을 붙이면 어느샌가 귓가에 웬 여자 목소리가 들리더란 것이었죠. 헌데 무슨 일인지 사람 말 같지 않게 웅얼웅얼하는 게 꼭 입에 뭘 가득 물고 말하는 것 같았다고 해요. '우억' 하는 소리에 소스라쳐 깨는 일도 다반사였죠. 더구나 꿈이 참 희한한 것이, 그러고서 깨고 나면 꼭 누가 위장을 쥐어짜는 것처럼 배가 고팠다고 해요. 운이 좋아 배를 든든히 채우고 난 뒤에 잠이 들어도 그 꿈을 꾸고 나면 헛구역질과 구토를 하면서 이내 허기가 몰아쳤어요.

다시 사흘쯤 지나자 꿈속에 돌아가신 외할머니가 나오셨대요. 외할머니는 입을 꾹 다문 채 이상한 소리를 내고 계셨는데, 눈에는 핏발을 세우고 비지땀을 흘리면서 팔다리를 사방으로 마구 휘젓고 있었다고 해요. 생전

13

화라고 내본 일이 없었던 외할머니였는데도 차마 가까이 다가갈 수 없을 지경으로 아주 난리였죠. 그러다 지인과 눈이 마주치면 더 거세게 소리를 지르며 팔을 이리저리로 마구 움직였다고 하더군요.

그제야 지인도 무슨 사달이 나겠구나, 이러다간 죽겠다 싶어서 동전을 주워 모아다 집에 연락했대요. 결국 집에 돌아가게 되었는데, 참 희한한 것이 어머니가 꼭 나갔다가 오리라는 것을 알았던 것마냥 아주 침착하게 대해주셨다고 해요. 뭐라고 꾸지람하는 일도 없이 밥을 먹여주셨고, 씻고 잠을 자는 지인을 보며 '다행이다. 다행이야' 하고 말씀하셨다더라고요.

지인도 정신을 차렸는지, 몸을 추스르고 나서 취직을 했고 평범한 생활로 돌아갔대요. 반년이 지나서야 그때 일을 물으니 어머니가 낯빛이 하얘져서 이야기를 하나 해주셨다고 합니다.

"너 나가고 한 1년 다 되어갈 때였을까⋯⋯. 그 즈음에는 나도 반쯤 체념했었지. 연락은커녕 누가 어디서 봤다는 이야기도 나오질 않고, 전화도 한 통 없고. 내가 살아도 사는 게 아니었어. 근데 어느 날인가 길거리에서 어떤 여자를 만난 거야. 저 멀리 언덕에서부터 걸어 내려 오는데, 아주 걷는 모양이 이상했어. 꼭 신발 바닥에 고무공이라도 붙여놓은 것처럼 이상한 걸음걸이였지."

어머니는 이어서 말씀하셨습니다.

"내가 이상하다 싶어서 옆으로 몇 걸음이나 떨어져 지나치려는데 그 여자가 나를 딱 붙잡더니 '느이 집 나간 아들 죽었어! 아주 진작에 죽었어!' 이러는 거야! 내가 너무 놀라고 소름이 끼쳐서 무슨 소리 하시냐고, 우리 아들이 왜 죽냐고 따졌거든? 근데 그 여자가 눈 하나 깜짝 않고서는 '아이고 불쌍타! 집 나가고선 일주일을 못가 죽었는데 부모는 모르네. 제 생일에 혀를 빼물고 죽었는데 모른단다' 하고는 깔깔 웃는 거야. 아니, 이 여잔 뭔데 이리 험한 말을 할까 하고 너무 놀라고 억울해서 속에서 화가 솟구치는데 문득 생각이 난 거야. 우리 아들이 집 나간 줄은 어찌 알았지?"

어머니가 의아한 기분을 느끼는 동안 여자가 말했대요.

"집 나가 객사하고 지 기일에 밥도 못 먹어 쫄쫄 굶으니 저승서도 괴로워서 엉엉 우는구나!"

그 여자는 그리 말하고는 또 깔깔 웃으면서 지나가더래요. 어머니는 처음에 뭐 저런 여자가 다 있나 싶었다고 하셨어요. 신기가 있는 미친 여잔가 하는 생각이 들자 화도 별로 안 났고요. 그렇지만 어머니 마음이라는 게, 아들 죽었다는 이야기를 듣는 것보다도 당장 밥 굶고 있단 소리가 너무 마음에 걸렸다고 하시더라고요. 설마 1년 만에 죽었으리라고는 생각하지 않았지만 밥은 굶을 수 있잖아요? 어쨌거나 이상한 여자라고 생각하면서 달력을 보니까 그때가 딱 아들인 지인의 생일 사흘 전이더랍니다.

이때부터 어머니는 잠을 자도 자는 게 아니었대요. 자리에 누워도 자식 굶는단 소리가 아주 가시처럼 속에 박혔고요. 그래서 먹을 사람은 없지만 상이나 차릴까 싶었다고 하시더라고요. 자식이 어디에 가서든 밥이나 챙겨 먹었으면 싶어서요.

"그래서 네 생일날 네 아빠 모르게 상을 차렸어. 살아 있으면 밥이나 굶지 마라. 그리고…… 행여라도 죽었다면 그래도 엄마가 밥 한 끼는 해줄 테니 먹고 가라. 이런 마음이었지. 근데 그날 밤에 엄마 꿈에 할머니가 나왔어. 너희 외할머니가 나와서는 내가 너 먹이려고 차린 밥상을 막 뒤엎는 거야. 놋쇠 그릇에 밥도 담고 국도 담고 고기도 구워서 올려놨는데 입을 꾹 다물고선 아주 다 뒤집어 엎으셨어. '엄마! 왜 그래! 우리 아들 밥 먹여야 해!' 하고 소리를 빽 지르니까 외할머니가 눈을 아주 부릅뜨고는 입을 쩍 벌리고 화를 내셨어. 근데 입 안에서 웬 주먹만 한 쥐 몇 마리가 와르르 쏟아지더라. 깜짝 놀라서 잠이 깨고도 식은땀이 줄줄 났지 뭐야. 그 여자 일도 그렇고 꿈도 그렇고, 너무 불길해서 엄마가 잘 아는 절에 찾아가서 스님한테 그 얘기를 다하니까 스님이 아주 놀라 경을 치시더라고. 그러더니 절대로 밥 차리지 말라고, 큰일 난다고 하는 거야. 난 부모 된 마음에 그러는 건데 왜 그러시냐고 하니까 스님이 말씀해주시 더라고. 내가 만난 그 여자가 귀신이래. 아주 오래전에 죽어선 이제는 살아서 만난 사람이 아무도 안 남을 만큼 오래 묵은 귀신. 이 귀신이 사람을 괴롭히는 데 아주 도 가 텄는데, 네가 집도 절도 없이 돌아다니면서 기가 허 해지니까 너한테 장난을 친 거라나? 병도 걸리게 하고 옆에서 다리를 걸어서 넘어트리고. 근데 이제 그것도 질 린 거지. 그러다 욕심이 난 거야. 아직 서른도 안 된 젊 은 몸에 넋이 빠져서 오늘 죽나, 내일 죽나 하니까. 그래 서 그 참에 네 혼을 빼버리고 지가 들어가 앉고 싶었던 거지. 근데 제까짓 게 아무리 오래 묵어도 신장이나 신 령도 아닌데 사람을 죽일 수는 없는 거야. 그래서 꾀를 써서 엄마를 찾아왔다고 하더라. 부모 자식이란 게 천륜 이라 죽고 사는 일도 함부로 갈라놓을 수 있는 게 아니 래. 근데 이게 또 말이 '아' 다르고 '어' 다르다고, 반대로 이 인연을 이용하려던 거래. 부모인 내가 자식인 널 아주 죽었다고 여기고 제삿날을 잡아 젯밥을 먹이면 네 생령이 예까지 와서 밥을 먹고 그대로 저승길을 간다는 거지. 네 몸이 그때 오죽했겠니. 그러니 이제 젯밥 한 번만 먹이면 되겠구나 하고 그 귀신이 날 속이려고 든거지. 그래서 너희 외할머니가 내 꿈에 나오셨나 봐. 악귀 년이 날 속여선 제사상을 차리게 하니까 그 상을 엎으려고 말이야. 그래서 귀신이랑 엎치락뒤치락하시면서 난리를 피우신 거지."

어머니 이야기를 듣고 나서 지인은 문득 꿈에 나온 외할머니 생각이 났다고 해요. 지금은 지인도, 어머니도 아주 건강하게 잘 지내고 있고 외할머니 기일마다 잊지 않고 꼭 챙겨드리며 감사한 마음을 지니고 산다는 말을 들었어요.

아버지는 위대하다

돌아가신 제 아버지와 관련된 비밀을 털어놓을까 합니다. 지금도 가끔 꿈에서 나타나시고는 하네요. 당시 저는 초등학교 3학년이었고 형은 중학교에 다녔습니다. 나이 차이가 많이 났던 터라 동생 이상으로 저를 많이 챙겨줬던 걸로 기억합니다. 어릴 때 저희 집은 형편이 좋지가 않았어요. 부모님은 맞벌이를 하셨는데 재래시장 한편에서 국밥 장사를 하고 계셨습니다. 어머니가 가게를 보시고 아버지는 배달을 하시고는 했죠. 학교를 마치면 아무도 없는 집에서 형을 기다렸고 형이 챙겨주는 저녁을 먹으면서 평범한 하루를 보내고 있었습니다.

그러다 일이 터지고 말았죠. 어느날 저녁 어머니가 다급하게 집으로 들어오셔서는 큰일 났다고 말씀하시는 겁니다. 배달용 오토바이를 아버지와 어머니 두 분이 타고 퇴근하시다가 운전 실수로 넘어졌는데 아버지께서 다리를 심하게 다쳐 병원으로 급히 이송되셨다고 들었습니다. 어머니는 형에게 비상금 2만 원을 쥐어주시고는 병원으로 가셨어요. 저는 형과 단둘이 그날 밤을 보냈죠.

아마 그때부터였을 겁니다. 저희 집 분위기가 예전 같지 않다고 느끼게 된 게요. 그날 이후로 아버지는 일을 하지 않고 방에서 누워만 계셨습니다. 자세한 집안 사정을 이해하기에 저는 너무 어린 나이였고 중학생인 형에게 물어봤지만 형은 아버지가 편찮으셔서 그렇다고만 말하더군요.

아버지가 집에만 계신지 일주일이 지났을 때였습니

다. 학교를 마치고 집으로 들어갔는데 아버지와 어머니가 싸우고 계셨어요. 그리고 제 눈에 들어온 광경은 아버지가 어머니를 폭행하고 있는 모습이었습니다. 너무 놀라서 한참 멍하니 보고 있는데 형이 제 손을 잡고 나가자고 하더군요. 형은 함께 슈퍼에 가서 쌍쌍바를 하나 사고 저에게 반쪽을 나눠주면서 말했습니다. 우리 집 형편이 어려워서 그렇다고, 나중에 돈 많이 벌면 괜찮아질 거라고요.

시간이 지날수록 집안 분위기는 더욱 안 좋아졌고 급기야 아버지는 술이 없으면 안 될 정도로 망가졌습니다. 알콜 중독 증상까지 보이셨어요. 그렇게 사시다가 제가 초등학교 6학년이 됐을 무렵, 아버지는 사고로 세상을 떠나셨죠.

그런데 이상한 기억이 하나 있습니다. 아버지가 돌아가시기 한 달 전쯤, 집에서 술만 마시는 아버지에게 어머니가 술상을 차려주셨던 겁니다. 평소 같으면 술 마신다고 잔소리하면서 아버지와 다투는 게 일상인데 그날 어머니는 술상을 차려주시며 기분까지 좋아 보이더 군요. 그리고 형은 아버지 어깨를 주물러드리고 있었죠. 그런 모습을 처음 봤던지라 많이 당황스러웠습니다. 저 는 단순히 '우리 집에 좋은 일이 생겼나 보구나'라고 생 각했죠. 참 이상했던 게, 어머니가 차린 안주가 마음에 안 드신다며 아버지께서 상을 엎으니까 어머니는 아무 말씀 하지 않으시고 다시 주방으로 가서 음식을 하셨던 점입니다. 그리고 그 모습을 보던 형이 "아버지 기분 잘 맞춰드려야 돼"라고 했던 거죠.

　어쨌거나 폐인으로 변해버린 아버지는 우연한 사고 로 돌아가셨고, 어머니와 형은 슬픈 기색보다는 후련하 다는 표정을 지었어요. 폭력적인 행동을 일삼던 아버지 에게 벗어나서 그랬던 건지 아니면 다른 이유 때문인지 는 모르겠습니다. 사고 후 어머니 혼자 운영하시던 국밥 집 장사가 아버지 장례 후 대박이 났는데, 그 덕에 형편 이 어려웠던 저희 집에 여유가 생겼거든요.

　그렇게 저는 성인이 되었고 군대를 전역한지 두 달

쯤 지났을 때 갑작스럽게 어머니마저 세상을 떠나셨습니다. 형편이 점차 좋아지던 중이었고, 형도 좋은 직장에 취업해 모든 일이 잘 풀릴 줄만 알았는데 세상 일이 마음대로 안 되더군요.

아버지에 이어 어머니까지 떠나시니까 유일하게 믿고 따를 수 있는 건 하나뿐인 형이었습니다. 어머니 장례를 치르고 나서 형이 저에게 술 한잔하자고 하더군요. 지금까지 형이 제게 숨겨온 이야기가 있는데 이제는 말하고 싶다면서 힘겹게 입을 열었습니다. 형이 중학생이던 시절, 어머니가 이런 말을 했다고 했죠.

"아버지가 나중에 멀리 가서 일하실 거다."

형은 아버지가 지방이나 해외로 일하러 가시나 보다 하고 단순하게 생각했다고 하더군요. 며칠 후 새벽, 형이 자다가 목이 말라서 일어나게 되었는데 부모님이 대화를 하고 계셨대요. 형은 아버지가 이렇게 말씀하시는 걸 들었답니다. 내가 죽고 나면 그 돈으로 애들 잘 키우고 살라고, 너무 걱정하지 말라고…… 아직 중학생이던 형은 모든 걸 이해하지는 못했지만 뭔가 느낌이 안 좋다고 생각했었답니다.

시간이 흘러 형이 고등학생이 되었을 때, 어머니가 형을 불러서 말했다더군요.

"이제 한 달만 지나면 아버지가 멀리 가신다. 큰돈을 벌어다 주실 거야. 두 번 다시 못 볼 수도 있으니까 잘해드려야 한다."

우연인지 모르겠는데 한 달 후 아버지는 사고로 세상을 떠나고 말았습니다. 새벽 시간에 오토바이를 운전하던 중 사고로 사망하셨죠.

형은 어머니가 왜 그런 말을 했는지 이해가 가지 않아서 어머니께 물어봤다고 했죠. 아버지가 진짜 사고로 돌아가신 게 맞냐고. 한 달 뒤에 멀리 가니까 아버지께 잘하라던 말이 도대체 무슨 뜻이었냐고. 어머니께 한참을 물었지만 아무 말씀을 하지 않으셨다고 합니다. 어머니가 운영하시던 국밥집이 잘 돼서 형편이 조금 폈다고 했었죠? 알고 보니 아버지가 돌아가시고 받은 사망보험금 덕분이었다고 하더라고요.

그러다 제가 군 생활을 하고 있을 무렵, 어머니께서 급격한 건강 악화로 입원을 하셨어요. 어머니는 병 간호를 하던 형에게 충격적인 말씀을 남겼다고 합니다. 아버지는 우리를 위해서 돌아가신 거라고요. 이 말씀을 마지막으로 더이상 그 이야기는 꺼내지 않으셨습니다. 그 후 제가 전역하고 나서 어머니가 돌아가신 거였죠.

형에게 긴 이야기를 듣는데 저는 아무 말도 할 수가 없었습니다. 지금은 저도 40대 중반의 가장이 되었습니다. 아버지로서 얼마나 힘드셨으면 그런 극단적인 선택을 하셨을까 하는 생각이 들면 너무 괴롭습니다. 가끔 아버지가 꿈에서 나오시는데 이제는 아무 걱정 말고 편히 계시라고 꼭 말하고 싶습니다.

나무 인형

저는 초등학교 4학년 아들을 두고 있는 엄마입니다. 남편은 출장이 잦아서 주로 아이와 시간을 보내죠. 한동안 코로나 바이러스 때문에 등교를 멈춘 적 있었죠? 그런데 제가 사는 곳은 전남 시골이에요. 아이가 다니는 초등학교는 전교생이 20명도 채 되지 않아서 도시 아이들보다 좀 더 자유롭게 학교를 다닐 수 있었죠. 등하교 전용 버스도 있어서 4시가 되면 아이가 버스를 타고 집에 옵니다.

　그런데 그날은 아이 표정이 뭔가 이상하더라고요. 말로 표현하기가 좀 그런데, 분노에 차 있어서 폭발하기 직전의 얼굴이었어요. 항상 뭘 해도 해맑은 아이인데 고작 10살 아이가 그런 모습을 하고 있어서 깜짝 놀랐습니다. 학교에서 무슨 일이 있었나 싶어서 "우민아, 학교에서 무슨 일 있었어?"라고 물어도 대답하지 않고 집으로 쌩하니 들어가더군요. 아침까지 멀쩡했던 아이가 왜 저러지? 요즘 애들은 뭐든지 빠르다던데 사춘기가 온 건가? 여러 가지 고민을 했죠.

　그렇게 방으로 들어간 아이는 문을 걸어 잠그고 혼자서 무언가를 중얼거리더라고요. 안 되겠다 싶어서 화를 냈습니다.

　"우민아, 방문 열어. 너 엄마한테 혼난다."

　아이는 혼자 중얼거리던 소리를 멈추고는 문을 열더니 저를 보고 씽긋 웃더라고요. 그리고 아무 일도 없던 듯이 말했습니다.

"엄마! 나 김치가 먹고 싶어."

김치라니. 평소에는 입에 넣어줘도 안 먹던 아이인데요. 그날 밥과 김치만으로 밥 한 그릇을 먹었습니다. 평소 하지 않던 행동을 연달아 하길래 좀 당황스럽긴 했지만 일단 지켜보기로 했어요.

다음 날 학교 담임선생님께 전화가 왔습니다.

"안녕하세요, 선생님. 무슨 일이세요?"

"그게, 우민이가……."

선생님 말씀에 따르면 우민이가 옆에 있던 여자아이를 다치게 했다고 하더군요. 그냥 때리거나 한 게 아니라 손톱으로 여자아이 얼굴을 미친 듯이 긁었다고 했습니다. 주변 아이들은 말리고 싶었지만 너무 무서운 표정을 하고 있어서 말리지도 못하고 보고만 있었다고 해요. 그 여자아이는 병원으로 급히 옮겨졌고 얼굴에 피부 이식까지 해야 한다고 하더라고요.

이런 소리를 듣는데 너무 충격적이었습니다. 저는

하던 일을 내려놓고 곧장 학교로 달려갔습니다. 학교에 도착하니 선생님과 우민이가 같이 있었고 선생님께 너무 죄송하다며 저희 아이를 데리고 왔죠. 여자아이 학부모에게는 따로 연락드리기로 했습니다. 아이를 뒷좌석에 태우고 집으로 가는 길에 화를 내면서 물었습니다.

"도대체 너 왜 그래?"

그랬더니 아이는 웃으면서 답했어요.

"재밌잖아. 그래야 나를 무서워하지."

저도 모르게 감정이 올라왔고, 차를 길가에 세우고는 뒷자리에 탄 아이를 쳐다봤는데 온몸에 소름이 돋았습니다. 아이의 표정이 이틀 전에 봤던 그 표정이었어요. 누군가 죽일듯한 그 표정요.

그렇게 집에 도착했고 아이는 차에서 내리자마자 방으로 후다닥 들어가 문을 잠궈 버리더라고요. 저도 이번에는 안 되겠다 싶었어요. 아이 버릇이 너무 나빠져 오늘 제대로 혼내야겠다 싶어 문을 두드리며 이야기했죠.

"너 이 문 안 열면 엄마 진짜 화낸다!"

그러자 아이는 방에서 욕을 하며 소리를 지르더라고요. 어른들도 차마 쓰기 힘든 그런 욕을 초등학교 3학년이 하는데 황당했습니다. 결국 강제로 문을 따고 들어가니 아이 방은 난장판이 되어 있더라고요. 공부하는 책을 갈기갈기 찢어놓고 가위로 책상을 찍은 흔적도 보였습니다. 뭔가 이상하다 싶어서 담임선생님께 전화했죠.

"선생님, 우민이 학교에서 좀 어떤가요?"

담임선생님이 안 그래도 전화하려고 했다고 하더라고요. 일전에는 경황이 없어서 이야기를 못했는데 아이 문제로 이야기가 필요하다고요.

이틀 전, 선생님이 아이들을 데리고 학교 내에 있는 놀이터에서 활동 수업을 하고 있었다고 해요. 아이들끼리 한참 즐겁게 놀다가 우민이가 놀이터 구석진 곳에서 무언가를 가지고 선생님께 들고 왔나봐요. 그건 나무로 만들어진 사람 인형이었다고 합니다. 선생님은 다시 제자리에 가져다 놓으라고 했고 그렇게 활동 수업을 종료

했다고 했어요.

그런데 인형을 주웠을 때부터 우민이의 표정이 이상해졌다고 했죠. 활동 수업이 끝나고 아이들 점심 시간이었는데 반찬으로 나온 돈가스나 소시지에는 손도 안 대고 김치와 밥만 먹었다고 했습니다. 담임선생님은 그 일로 저에게 연락하려고 했었다고 했죠.

그렇게 통화를 끝내고 며칠이 지났습니다. 아이는 걷잡을 수 없이 변하기 시작했고 이제는 입에 담지 못할, 그 나이 때는 상상도 못할 단어를 쓰면서 말하기 시작했습니다. 물론 회초리로 때려도 보고, 타일러도 보고, 해볼 건 다해봤죠. 남편에게도 전화해서 이야기해봤지만 일한다고 바쁜지 집 가서 이야기하자며 적당히 끊더라고요. 혼자서 고민이 많았어요.

하루는 아이를 등교시키고 나서 '어째야 하나' 생각해보는데, 아이에게 귀신이라도 쓰였나 싶더라고요. 평소에는 전혀 무속을 믿지 않았지만 뭐라도 해보자는 생각에 친구 소개로 용하다는 무당집에 찾아가서 물어봤습니다. 무당은 대뜸 아이에게 오래 묵은 귀신이 붙었다고 하더라고요. 계속 그렇게 놔두면 위험하다고 했습니다. 어떻게 해야 하냐고 묻자 '가져온 물건'을 제자리에 가져다 놓으라고 하시더군요. 아이가 가져오면 안 되는 걸 가지고 왔다고요.

집에 도착해서 무슨 물건일까 곰곰이 생각해보다가 아이 방을 뒤졌습니다. 그렇게 20여 분을 이곳저곳을 살피는데 침대 밑을 봤더니, 글쎄 나무로 된 인형이 있는 겁니다. 흙이랑 이상한 끈적거리는 것도 묻어 있었어요. 그 길로 학교에 가서 담임선생님을 만났죠. 활동 수업을 하던 놀이터가 어딘지 여쭙고 구석진 곳에 그 인형을 곱게 묻어주었습니다.

어떻게 됐냐고요? 정말 신기하게도 아이는 예전 모습을 되찾았습니다. 그런데 아이는 그때 일을 전혀 기억하지 못합니다. 대놓고 물어봐도 그렇고, 돌려서 물어봐도 그렇고, 지난 일을 아예 모르는 눈치입니다. 단순한 우연이라고 생각하려고 해도 그때 일들은 너무 충격이었습니다. 참고로 제 아이가 상처 입힌 여자아이는 피부 이식을 마쳤고 다행인지 모르겠지만 흉터가 거의 남지 않게 되었다고 해요. 저희 아이는 여전히 김치를 싫어하는 평범한 아이로 건강하게 자라고 있답니다. 그때 아이에게 진짜로 귀신이 들어왔던 걸까요?

흉가 체험

저는 평범한 20대 직장인입니다. 평소에 무서운 이
야기를 듣거나 흉가 찾아다니는 것을 좋아합니다. 어느
날 검색을 하다가 흉가를 탐방하고 후기를 쓰는 카페를
찾게 되었습니다. 유명한 폐가나 흉가라고 불리는 곳들
은 시큐리티 서비스나 CCTV 등으로 보안이 강화되어
서 들어가지 못하는 곳이 대부분이지만 아직 입소문을
타지 않은 곳들은 비교적 허술해서 카페 멤버들끼리 조

용히 다녀온다고 하더군요. 카페에 가입한다고 무조건 참여할 수 있는 것도 아니었어요. 체험단을 선발하는 과정이 따로 있었는데 기본 조건은 카페 활동 기간이 1년 이상이어야 한다는 것이었죠. 체험단 모집 공지가 올라오면 신청을 하고, 거기서 뽑혀야 진짜 흉가에 갈 수 있는 까다로운 절차였습니다.

저는 체험단에 들어가기 위해서 퇴근 후 카페에 들러 매일 출석 체크도 하고 댓글도 달면서 체험단 모집 공고가 뜨길 기다렸죠. 카페에 가입하고 10개월 정도 지났을 때쯤 공고가 올라오길래 곧장 신청했습니다. 아직 1년을 채우지 못해서 안 될 거라고 생각하며 편안한 마음으로 신청했었죠.

그런데 생각지도 못한 결과였습니다. 며칠 후 체험단이 발표되었는데 카페 매니저분들이 저를 좋게 보셨는지 활동 기간이 부족하지만 뽑아주셨더라고요. 출석 체크와 댓글 활동 등이 우수해서 선발했다는 내용이 적혀 있었죠. 저는 공지사항에 나온 대로 이름과 사는 곳,

전화번호를 카페 매니저에게 알려주었습니다.

보름 정도 지난 어느 날, 퇴근 후 컴퓨터를 하고 있는데 문자 한 통이 오더군요. 카페 매니저에게 온 문자였어요.

202×년 6월 2×일 토요일
강원도 원주에 있는 흉가에 방문하려고 합니다.
참석하실 분은 답장을 보내주세요.

저는 무조건 참석한다고 답장을 보냈죠. 그렇게 기다리던 흉가 체험 날이 되었고 오전 10시까지 강원도 원주 시외버스터미널 앞에서 만나기로 했어요. 저는 초면이고 신입이라 늦으면 실례가 될 것 같아서 조금 일찍 도착해서 기다리고 있었습니다. 10시가 조금 넘어가자 체험단이 다 모였고 남자 5명과 여자 2명, 총 7명이 모이게 되었죠.

체험단에는 리더가 한 명 있었는데 알고 보니 카페

매니저였습니다. 매니저 형이 오늘 일정을 설명해 주시더군요. 일정은 1박 2일로 낮에는 숙소에서 쉬다가 저녁 11시쯤 흉가로 출발할 예정었어요. 특히 안전을 위해서 몇 가지를 신신당부하셨는데 평소 기가 약하거나 영적으로 예민한 경우에는 흉가에 들어가면 절대로 안 된다고 하더군요. 다들 "전 괜찮아요"라고 했고 그 말을 끝으로 숙소로 향했습니다.

숙소는 봉산동 근처 민박집이었고 활동 특성 상 야밤에 나가야 되니 낮잠을 좀 자라고 하더군요. 저는 이상하게 긴장이 돼서 잠이 오질 않았죠. 2시쯤 회원들끼리 밥을 먹고 나서야 배도 부르고 졸음이 쏟아지길래 잠깐 잠을 자게 되었습니다. 그리고 꿈을 꿉니다. 꿈에서 저는 침대에 누워 있었어요. 그런데 처음 보는 여자가 점점 가까이 다가와서 저를 무섭게 노려보는 겁니다. 몸이 움직여지지 않고 흔히 말하는 가위눌림에 당한 거였죠.

기분 나쁜 꿈을 꾸고 나서 눈을 뜨니 어느새 오후 9

시가 넘어가고 있더군요. 마당으로 나가보니 다른 회원들은 개인 짐을 챙기고 있었고 매니저 형은 갖가지 장비를 챙기고 계셨죠. 심령이 있는지 확인할 수 있는 장비라고 하던데 흉가에서 쓸 거라더군요. 저녁 11시가 돼서 체험단 사람들과 흉가로 출발했고, 매니저 형이 오늘 방문할 흉가에 대해 간단히 설명해주셨습니다.

원주시 봉산동에 위치하는 폐가였는데 갑자기 흉가로 변한 곳이라고 하더군요. 2013년에 독거 생활을 하던 60대 남성이 그곳에서 숨진 채 발견되었는데, 경찰에 따르면 사체의 부패가 심해 사인을 밝히는 데 시간이 많이 걸렸다고 합니다. 사망자의 신원 또한 파악하기 힘든 상황이었고요. 이 사건 이후 단순한 폐가에서 흉가로 변했다는 것이었죠. 그 말을 들으니까 뭔가 섬뜩하다는 느낌이 들면서 낮에 기분 나쁜 꿈을 꾼 탓인지 더욱 무섭게 느껴졌습니다.

자정이 되기 전 흉가에 도착했고 저희 7명은 흉가 앞에서 사진을 찍고 개인 짐을 챙겼죠. 흉가는 2층으로 된 전원주택이었는데 혼자였다면 정말 무서웠겠지만 저 포함 7명이나 되니까 무섭다는 느낌은 딱히 없었습니다. 사고 후에도 흉가는 그대로 방치되어 있었고 문까지 열려 있었죠. 입소문이 나지 않은 곳이라 방치했을지도 모르겠습니다. 매니저 형이 먼저 들어가 심령 장비들을 세팅하고 나머지 회원들과 저는 뒤늦게 들어가게 되었죠.

그런데 매니저형 표정이 일그러지더니 잠깐 나오라고 하더군요. 그러고는 회원들에게 물어보는 겁니다. 흉가 안에 이상한 냄새 나지 않냐고요. 매니저 형 말을 듣고 나니 좀 이상한 냄새가 나긴 했습니다. 저도 이전에 흉가나 폐가에 들어가본 적이 있었는데, 썩은 나무 냄새나 음식물이 썩어 시큼한 냄새가 나는 걸 경험하긴 했어도 이런 냄새는 처음 맡아본 것 같았습니다. 설명하자면 동물 사체가 부패하는 냄새, 아니, 그것보다 더 심했었죠. 마스크를 꼈는데도 머리가 아플 지경이었습니다.

결국 2시간 가까이 이곳저곳을 살펴보다 빠져나왔고 마지막 인증 사진을 찍고는 숙소로 돌아왔습니다. 체험단 회원들은 아무것도 없는 것 같다며 웃으면서 이야기했고 숙소에서 회원들끼리 술 한잔하고 그날 밤을 보냈습니다.

다음 날 오전 강원도에서 출발해서 집에 도착하니 오후였어요. 저는 곧장 샤워를 했습니다. 그런데 이상한 느낌을 받았죠. 감기에 걸린 건지 등골이 서늘하고 기분이 안 좋더군요. 다음 날은 아예 출근도 못할 만큼 몸이 나빠졌고 결국 병원에 입원하게 되었습니다. 의사는 극심한 스트레스와 과로라고 하던데 아무리 생각해도 그 흉가에 다녀오고 나서부터 이런 증상이 일어난 것 같더군요. 약을 먹고 잠이 들면 꿈자리가 뒤숭숭하고 가끔 악몽도 꾸고는 했습니다. 한 달이나 병명도 모른 채 앓았는데 어느 순간 갑자기 괜찮아지더군요. 영적으로 예민하면 영기가 빙의되어서 그럴 수도 있다고 하던데 정말 그런 건지 아니면 스트레스와 과로 때문인지는 모르겠습니다.

현재 카페 활동은 하지 않고 가끔 공포 라디오만 듣

고 있네요. 저는 귀신이나 심령을 전부 믿지는 않지만 눈에 보이지 않는 뭔가는 존재한다고 생각합니다. 그리고 아직까지 잊을 수 없는 건 흉가에서 맡았던 그 냄새입니다. 그날 그 집에서 코를 찌르던 냄새는 도대체 뭘지 아직도 모르겠습니다.

누가 쓰던 립스틱

저는 10년 전 부모님과 함께 대구의 한 오래된 아파트에서 살았습니다. 거의 40년이 다 되어가는 아파트였어요. 엘리베이터가 없는 5층짜리 건물에 101동부터 시작해서 총 아홉 동으로 이루어진 아파트였죠. 오래돼서 낡고 보기에는 좋지 않지만 부모님이 신혼 때부터 거주했던 곳이고 제가 태어나서 성인이 될 때까지 지냈던 곳이라 여러 가지 예쁜 추억이 있던 곳이었습니다.

그 아주머니가 이사 오기 전까지는 말이죠.

그 당시 저는 대학생이었고 방학을 맞아 용돈을 벌기 위해 마트에서 파트타임으로 알바를 했습니다. 마트 물건을 정리하는 일이었는데 큰돈이 되는 건 아니지만 저희 집과 10분도 안 되는 거리에 위치하고 있어서 만족하며 일했죠. 그날도 마트 일을 하고 있는데 아주머니 한 분이 다가와서 양념장 코너가 어디 있냐고 묻더군요. 그래서 알려드렸더니 아주머니는 "내가 이사 온 지 얼마 안 돼서 여기 마트는 처음 이용하네"라고 말씀하셨어요. 저는 자주 이용해달라고 말씀드리고 이야기를 끝냈습니다.

퇴근하고 집으로 가는데 제 앞으로 어디서 많이 본 아주머니가 걸어가셨죠. 신기하게도 아주머니는 제가 사는 아파트로 들어가셨고 아파트 입구에서 마주치게 되었습니다. 어디서 많이 뵜다 싶었는데 알고 보니 좀 전에 마트에서 마주친 아주머니였어요. 우연인지 모르겠지만 같은 아파트 같은 동 주민이었고 심지어 저와 같은 라인에 살고 계셨더라고요. 그렇게 인사를 한 번 더

드리고 집으로 올라갔죠. 아주머니는 이사 떡을 돌리면서 저희 부모님이랑 점점 가까워졌고 나중에는 반찬까지 해서 줄 만큼 서슴없는 사이가 되었습니다.

그렇게 평탄한 날을 보내던 중이었어요. 저희 아파트는 6개월에 한 번씩 관리실 앞에서 조그만 행사를 했는데 주민들이 안 쓰는 물건이나 안 입는 옷들이 있으면 무료로 나눔을 하는 행사였습니다. 아파트 주민들만 참여하는 거라 인원이 적고 물건도 많지 않았지만 유독 엄마는 행사 때마다 나가곤 하셨죠. 엄마는 나눔 행사를 구경하러 가고 저는 집에서 친구랑 톡을 주고받고 있는데 엄마에게 전화가 오더군요. 제게 어울리는 가방이 있으니 빨리 관리실 앞으로 오라는 겁니다. 아무리 좋은 가방이라도 남이 사용했던 건 좀 그래서 싫다고 했더니 안 오면 후회할 거라며 계속 말씀하시더라고요. 도대체 뭐길래 그러시나 싶어서 옷을 챙겨 입고 관리실로 향했습니다. 엄마가 손에 들고 있던 건 누가 봐도 알만한 명품 가방이었어요. 하지만 무료 나눔 하는 데서 누가 명품 가방을 가져다놓겠냐는 의문이 들었고, 설령 가져다 놓았다고 해도 진품이 아닌 이미테이션이라고 생각했죠.

그런데 며칠 후 그 가방이 진품이라는 걸 알게 되었습니다. 가방을 가져다 놓은 건 201호 아주머니라고 하더군요. 가방의 주인은 아주머니 딸이라고 하던데 지금은 해외에 있어서 쓰지 않는다고, 그래서 나눔을 한 거라고 말했죠. 뭐, 저야 가방이 생겨서 좋긴 했지만 아주머니 딸이 국내로 돌아와서 가방이 없어진 걸 알게 되면 기분이 나쁠 거라는 생각이 들었습니다. 그런 이유로 가방을 가지기는 했지만 밖에 들고 다니지는 않았죠.

한 달 정도 지나 집 근처에서 우연히 아주머니를 만나게 됐고 근처 카페에서 커피 한잔을 하게 됩니다. 아주머니는 저를 유심히 보더니 딸 생각이 난다고 하셨어요. 아주머니 딸도 제 또래라고 하더군요. 귀국하면 소개해주겠다고, 친하게 지냈으면 좋겠다고, 그런 소소한 이야기를 나눴습니다. 그리고 같이 집으로 걸어가는데 나눔에서 줬던 가방이 마음에 안 드냐, 왜 안 들고 다니냐고 묻더군요. 그래서 솔직하게 말씀드렸죠. 따님이 나중에 알게 되면 기분 나쁠 거 같아서 그랬다고요. 아주머니는 절대 그럴 일 없다고 하는 겁니다. 딸에게 이미 허락을 받고 나서 내놓은 물건이고 딸도 좋은 곳에 썼으면 좋겠다고 말했다고 했죠. 오히려 안 들고 다니면 기분 나빠할 거 같다고 하시길래 앞으로 잘 쓰겠다고 이야기했습니다.

집에 다 왔을 때 아주머니가 줄 게 있다고 잠깐만 201호에 들렀다 가라는 겁니다. 저는 아주머니 집으로 갔고 딸이 지냈던 방으로 보이는 작은방으로 들어갔죠. 아주머니는 옷장 문을 열더니 이 옷 저 옷을 꺼내 제 몸에 맞춰보더군요. 어리둥절하면서 가만히 서 있으니까 아주머니는 방문을 닫아주면서 옷을 입어보라는 겁니다. 저는 카페에서 아주머니가 했던 말이 생각나서 예의상 옷을 입어봤어요. 아주머니는 저를 보고 무척 만족하시며 옷과 신발까지 챙겨주시더군요. 새 옷은 아니지만 한두 번밖에 입지 않은 듯 깨끗해 보였는데, 전부 명품 브랜드라 그냥 받는 것이 내심 부담스러웠죠. 저는 괜찮다고 극구 사양했지만 아주머니는 "우리 딸 같아서 그래. 그냥 가져가"라고 했습니다.

여기서 끝이 아닙니다. 그 후로도 아주머니는 옷뿐만 아니라 화장품까지 챙겨주셨죠. 가장 기억에 남는 건 딸이 한 번밖에 쓰지 않았다고 주신 립스틱이었습니다. 저는 아주머니 덕에 대학 졸업 때까지 잘 입고 다녔죠. 너무 감사해서 학교 졸업 후 취업하게 되면 선물이라도 꼭 드려야겠다 생각했습니다.

그런데 어느 날 집으로 들어갔는데 분위기가 이상하더군요. 부모님이 싸우셨나 생각했지만 그게 아니었습니다. 제 방으로 들어가니 난장판이 되어 있었고 엄마가 제 옷을 꺼내 마구잡이로 정리하고 있었어요. 뭐 하시는 거냐고 물으니까 "이 옷들 당장 버려야 돼!"라고 말씀하시는 겁니다. 그리고 엄마에게 충격적인 이야기를 듣게 됐죠.

아주머니는 여기로 이사 오기 전 딸과 둘이 살고 있었대요. 딸이 사치가 굉장히 심했다고 했죠. 월급을 받으면 옷과 신발을 사는 데 다 써버리고 그것도 모자라 대출까지 받아서 쇼핑했다고 합니다. 옷장에는 입지 않는 옷들이 가득했고 아주머니는 딸에게 늘 잔소리를 했다고 하셨죠. 화가 난 아주머니는 딸이 나가지 못하게 머리를 삭발시켜버렸고 방안에 CCTV까지 설치해 감시했다고 합니다. 결국 딸은 방 안에서 극단적인 선택을 했나봐요. 견딜 수 없는 일이 일어나자 아주머니는 살던 집을 떠나 이사를 오게 된 것이죠. 이 일로 아주머니는 정신적 충격을 크게 받았고 딸이 사망했다는 사실을 가끔 잊어버리고 다녔다고 합니다.

이날도 엄마가 아주머니에게 반찬을 가져다주려고 댁에 찾아갔대요. 그런데 거실 한켠에 있는 영정사진을 보고 누구냐고 물었더니 급히 사진을 숨기면서 나가라고 소리를 질렀다고 했죠. 엄마는 당황스러워서 나가려고 하는데, 아주머니가 뒤늦게 솔직한 이야기를 했다고 합니다. 엄마는 충격을 받고 집으로 오자마자 아주머니에게 받은 옷들을 정리하고 있었고 마침 제가 들어왔던 거죠. 저는 그것도 모르고 몇 년간 고인의 옷을 입고 살았던 겁니다. 옷이야 그렇다고 하지만 정말 소름 돋는 건 아주머니가 건넸던 립스틱이에요. 아침마다 그걸 사용했던 저를 생각하니 너무 섬뜩하더군요.

그 사건이 있고 나서 저희 집은 반년 후 이사를 했습니다. 지금도 그 아파트는 같은 자리에 남아 있어요. 어떻게 보면 정말 안타깝고 슬픈 일이지만 고인의 옷과 신발을 신고 살았던 몇 년을 기억하면 충격이 가시질 않네요. 그 아주머니는 제가 따님의 옷을 입고 다니는 모습을 보면서 하늘로 떠난 딸을 회상했던 게 아닐까 하는 쓸쓸한 생각이 들었습니다. 10년이나 흘렀지만 아직도 아파트 근방을 지나갈 때면 혹시나 아주머니를 마주칠까 봐 저도 모르게 긴장이 되네요.

내 눈에만
보이는 존재들

　20대 초반에 겪었던 일입니다. 그 당시 저는 편의
점에서 주말 알바를 할 때였어요. 제가 일하던 편의점은
구조가 조금 특이했죠. 미아삼거리역 맞은편 ××은행
내부에 ATM 기기 근처 자리를 빌려서 영업하던 개인 편
의점이었습니다. 평일에는 은행과 같이 운영하고 주말
은 ATM 기기와 편의점이 같이 운영되던 시스템이었죠.
그래서 그런지 편의점 손님이 아니더라도 돈을 찾기 위

해 방문하는 사람이 꽤 많았고, 편의점 알바생들은 사람이 들어오거나 나가는 것에 크게 반응을 보이지 않았습니다. 출입구에는 사람이 드나들면 딸랑거리는 방울이 달려있었는데 제 기억으로는 쉴 틈 없이 울릴 만큼 사람이 붐볐어요. 편의점 주변으로 먹자골목과 술집들이 있어서 돈을 찾는 사람들이 많았거든요.

그날은 주말 알바를 하고 있었는데 뭔가 이상한 걸 목격하게 됩니다. 저는 평소 알바를 하다 틈날 때면 책을 봤어요. 그날도 책을 읽고 있을 때였죠. 그때 딸랑거리는 소리가 들리며 문을 열고 들어오는 소리가 들렸고, 누군가 돈을 찾으러 왔겠구나 싶어서 고개를 들고 쳐다보았습니다. 제가 고개를 드는 순간 눈앞으로 누군가 빠르게 지나갔어요. 그리고 그 사람이 지나간 자리 뒤편으로 하얀색 옷을 입은 여자 여러 명이 천천히 따라 걸어가는 모습을 봤죠.

이게 눈으로 본 것이 아니고 '머리'로 보았다는 표현이 정확할 거예요. 왜냐하면 저는 오래전부터 남들이 보지 못하는 것을 종종 보며 살았거든요. 지금과 비슷한 일을 겪은 적이 더 있는데, 그렇다고 해서 무속인이 되어야 한다거나 그쪽에 인연이 있는 상황은 아닙니다. 그냥 겪게 되면 겪고, 말게 되면 마는 식으로 일반인의 삶을 살고 있죠.

  하던 이야기로 돌아와서, 그 모습을 보고는 멍하니 앉아 있었는데 잠시 후 어떤 남자 두 명이 와서 음료를 카운터에 올려놓고 담배를 달라고 하더군요. 분위기를 보니 남자 하나가 친구 대신 계산하는 느낌이었고 계산을 하기 위해 카드를 주더라고요. 그 당시에는 체크카드를 장려하는 시점이었는데 체크카드로 긁으면 세금을 더 낸다며 편의점 사장이 싫어했던 것으로 기억합니다. 그리고 체크카드로 결제를 하면 영수증이 나오고 꼭 서명을 받아야 했어요.

  저는 당연히 카드를 받아 계산하고 나서 영수증을 손님에게 내밀었죠. 손님은 '호순'이라고 적더군요. 그 이름을 보고 88올림픽 캐릭터인 호돌이와 호순이가 생각나서 저는 표정 관리를 하지 못하고 혼자 웃었죠. 그때 그 남자 손님과 눈이 마주쳤는데 아주 잠시지만 뭔가 알 수 없는 느낌이 들더군요. 이 남자는 사람의 탈만 썼지 사람이 아니라는 생각이 들었어요. 왜 그런 생각이 들었는지는 저도 알 수가 없습니다. 그 남자는 담배와 음료를 챙겨서 편의점을 빠져나갔고 이 일이 얼마나 큰 조짐인지 그때는 몰랐죠.

다음 주말이 되어 근무하고 있을 때 어떤 남자가 저를 찾아오게 됩니다. 편의점 안에는 100원을 넣으면 커피가 나오는 작은 자판기가 있었어요. 그 남자가 자판기 커피를 뽑으면서 저에게 물어보더군요.

"아가씨, 아가씨는 키가 몇이야?"

키를 묻기에 저는 답해주고 나서 왜 그러냐고 되물었습니다. 그러니까 제 대답을 무시하고 이어서 말하더군요.

"그럼 몸무게는?"

왜 그러시냐고 했더니 이번에도 대답하지 않고 이
상한 질문만 하는 거예요.

"근데 아가씨는 왜 파마머리를 하고 있어?"

그 남자는 일방적으로 질문을 계속하더니 갑자기
본인 자랑을 늘어놓기 시작했습니다. 그건 자동차 이야
기였는데 저는 차를 잘 몰라서 그냥 듣고 있었어요. 제
기억으로는 무쏘와 에쿠스를 타고 다닌다며 자랑하더군
요. 그래서 그게 저랑 무슨 상관이냐며 '아저씨가 이러
고 다니시는 거 알면 부인이 화날 거 같다'고 대꾸했습
니다.

그러니까 갑자기 저에게 사적인 이야기를 털어놓더
라고요. 부인과는 사별했고 아들이 셋인가 넷이 있다고
요. 갑자기 신세 한탄을 하기 시작했습니다. 저는 도저
히 들어주기가 힘들어서 그 남자를 무시하고 있었는데
뜬금없는 소리를 하더군요.

"경기도 쪽에 맛있는 거 파는 곳 알고 있는데 차 타
고 놀러 갈래?"

저는 남의 차 안 탄다고 거절했습니다. 제가 별 반응이 없으니 알바 끝나는 시간이 언제냐고 물어봤고 그 말을 끝으로 남자는 편의점을 나갔죠. 순간 며칠 전에 봤던 하얀색 옷을 입고 돌아다니는 여성들이 혹시 이 남자를 따라 다녔던 게 아닐까 하는 생각이 들었습니다. 찜찜한 기분이 들었지만, 느낌이 안 좋다고 경찰에 신고를 할 수도 없는 노릇이고……. 그냥 이상한 사람이라 생각하고 넘겨버렸죠.

그날 밤 편의점 정산을 끝마치고 문을 닫고 퇴근하는 길이었습니다. 저는 자전거를 가지고 다녔는데 자전거 보관소에 세우려니 너무 멀어서 가게의 전면 유리 앞에 매어두곤 했죠. 자전거 열쇠를 풀면서 이어폰을 꽂으려 하고 있을 때 갑자기 뒤에서 "아가씨, 아가씨!" 하는 소리가 들리는 겁니다. 미아삼거리라는 곳은 원래 사람이 매우 많고 차도 많은 대로변이에요. 그러니 저를 부르는 건지는 알 수가 없었죠. 그래서 그냥 무시하고 자전거를 끌어내서 집으로 곧장 향했습니다.

그 사건이 있고 나서 몇 달 뒤, 연쇄 살인마가 검거되었다는 뉴스가 온 세상을 도배했고 며칠 뒤 범행 일체와 신상 정보가 알려져 떠들썩했습니다. 지금은 사라진 '실시간 검색어'라는 것 덕분에 저는 살인마 이름을 접했죠. 이름은 강호순. 희생자는 대략 9명으로 기억합니다. 그런데 살인마의 얼굴과 이름을 보는 순간 편의점에 찾아와 제 키와 몸무게를 묻던 그 남자가 떠올랐습니다. 그 남자가 살인마 강호순이라는 것을 그때 알게 됐죠.

나중에 알게 된 내용인데 그날 편의점 문을 닫고 나서 자전거를 타려고 하고 있을 때, 제 뒤에서 자동차 한 대가 앞 유리창만 내린 채 정차하고 있었다고 합니다. "아가씨"는 아마도 저를 부른 것이 맞았나봐요. 그 차가 그냥 서 있었던 것일 수도 있지만 만약 그 살인마였다면……. 저는 엉겁결에 살인마를 피하는 천운을 겪은 것이겠죠. '까닥하면 죽을 뻔했구나' 하며 가슴을 쓸어내렸던 경험입니다.

이후 10년이 넘는 세월이 지나는 동안 저는 이 일을 거의 말하지 않고 지냈습니다. 입이 무겁다거나 특별한 이유가 있어서 그런 것은 아니고 그저 기억이 흐려졌다는 이유로 말을 좀 아꼈던 거 같습니다. 지금 다시 생각하면 왜 그때는 "내가 강호순을 만났다"고 기자들과 접촉하지 않았는지 모르겠네요. 10년이 훌쩍 넘어 지금에서야 사람들에게 알려야겠단 생각이 들었습니다. 만약 그 남자를 따라 경기도에 갔더라면 저 역시 살해당했을지도 모르는 일입니다.

아마도 강호순의 뒤를 따르던 흰옷의 여성들은 억울한 원귀들이 아니었나 싶어요. 그 존재들을 보지 못했다면 저도 그 남자를 덜 의심했을지 모르고, 어떤 위험에 빠졌을지도 모르겠네요. 저처럼 무속인도 아니면서 때로는 뭔가를 보는 사람들이 많다고 압니다. 하지만 살면서 무속에 대한 편견의 벽이 두껍다는 것을 느꼈고 '실제로 겪었다'며 말해주면 공상허언증 취급을 받는다는 사실도 깨달았죠.

제가 비록 경찰에 미리 신고하지 못해 마지막 희생자가 나오게 된 것을 유감으로 생각하며, 동시에 제게 경각심을 일깨워준 그 원혼들에게 고마움을 느끼곤 합니다.

화장실의 웃음소리

때는 10년 전, 저는 지방에서 살다가 서울로 대학을 다니기 위해 올라왔습니다. 패션디자인을 공부하기 위해서 서울에 있는 어느 전문대를 들어가게 되었죠. 저희 학교 캠퍼스는 빌딩 건물로 이루어져 있었고 그 주변에는 아파트 단지가 있었어요. 저희 학교는 기독교 학교라 채플이라는 과목이 있었는데 수업을 빠지지 않고 출석만 잘 채우게 되면 '패스(수강 완료)'가 되는 과목이었죠.

당시 저와 제 친구는 채플 조교를 하고 있었습니다. 학교에서 채플 수업을 하던 강당의 위치는 A동 지하 2층이었고 강당 맞은편에는 시설관리실이 있었죠. 그리고 화장실은 한 층 위인 지하 1층 복도 끝 구석진 곳에 있었습니다. 채플 조교는 최소 30분 전에 와서 미리 준비해야 했는데 저와 제 친구는 아예 1시간 전에 와서 기다리고 있었습니다.

그러던 중 친구가 화장실을 가고 싶다고 하길래 저와 같이 지하 1층으로 올라갔습니다. 지하 1층에는 학생회실과 도서실이 있었어요. 지하 1층 계단 출입문 바로 앞으로는 도서실, 학생회실이 나란히 있었으며 학생회실 출입구 오른편으로는 긴 복도가 있고 그 끝에 화장실이 있었습니다.

저와 제 친구는 앞뒤로 서서 화장실에 들어갔는데 제가 앞에, 친구는 뒤에 서 있었어요. 화장실은 총 세 칸이었고 두 번째 칸만 문이 닫혀 있었습니다. 그때 갑자기 화장실 안에서 여자의 앙칼진 웃음소리가 들렸습니다. 그 웃음소리는 대략 5초 정도 지속됐어요. 짧았지만 강렬했죠.

'누가 두 번째 칸에서 통화하고 있나 보구나.'

저는 이렇게 생각했죠. 그런데 신기한 건 이상하게 발걸음이 떨어지지 않는 것이었습니다. 몸이 딱 굳어버린 것 같았어요. 그렇게 1분, 2분, 3분이 지나도 저는 경직된 채로 얼어 있었는데, 문제는 화장실에서 아무런 인기척이 들리지 않는다는 것이었죠. 만약 누가 통화한 게 맞다면, 그 사람이 일을 보거나 옷을 입는 소리가 나야 하잖아요?

그때 제 뒤에 있던 친구가 저한테 힘겹게 말하는 겁니다.

"바, 방금 네가 웃은 거야?"

저도 겨우 입을 열어 답했어요.

"난…… 아닌데. 네가 웃은 거 아니야?"

그랬더니 무슨 소리냐며 자기는 안 웃었다고 하더

라고요. 친구와 저는 정체 모를 여자의 웃음소리를 들은 것이었습니다. 제 목소리는 여자치고 톤이 낮았고, 친구는 독특한 허스키보이스였는데 그 여자의 웃음소리는 하이톤의 앙칼진 소리였습니다. 저희에게서 그런 목소리가 나올 리가 없었죠.

확인을 해봐야겠다 싶어서 저는 살금살금 친구와 손을 잡고 두 번째 칸을 열었습니다. 거기에는 아무도 없었고 변기 옆에 대걸레만 세워져 있었습니다. 분명히 친구와 저는 여자의 웃음소리를 들었는데 말이죠. 순간 너무 무서웠고 얼른 나왔습니다. 강당으로 되돌아가기 전 혹시나 학생회실에서 나는 소리를 잘못 들었나 하고 학생회실에 가보니 그곳 역시 아무도 없었습니다. 도서실은 사서 선생님만 조용히 계셨고요.

너무 무서웠고 채플 수업을 어떻게 했는지 모르겠더라고요. 그 사실을 학교 목사님과 교수님들께 말씀드려봤지만 저희보고 잘못 들었다고 말씀하셨어요. 그래서 이 사건은 저와 제 친구의 추억으로만 남을 뻔했죠.

그런데 학교를 졸업하기 몇 달 전, 저는 듣게 되었어요. 저희가 웃음소리를 들었던 그 화장실에서 다른 여학생들도 앙칼진 웃음소리를 들었다는 거예요. 또 다른 목격담도 있었어요. 밤 10시가 넘으면 캠퍼스에 이상한 여자가 돌아다닌다는 소문이 퍼지기 시작했더라고요.

졸업을 며칠 앞두고 저는 교수님과 면담을 하다가 우연히 섬뜩한 이야기를 들었습니다. 그 교수님은 제가 이런 일을 겪었는지 모르고 하시는 말씀 같았어요. 학교가 세워지기 이전에 이곳은 아파트 상가로 사용되었었다고 해요. 주변에 워낙 큰 아파트 단지가 많이 있어서 상가도 꽤 큰 편이었대요. 그 당시 지하 1층에는 학원 건물이 있었다고 하는데 그 학원에 왕따를 당하는 학생이 있었나봐요. 친구들의 괴롭힘을 참지 못하고 그만 극단적인 선택을 했다고 하더라고요. 그 학생이 죽은 자리가 정확히 그 화장실이었다고 합니다. 교수님께서 굳이 학교의 이미지를 망칠 이야기를 지어내실 필요는 없을 테고, 그럼 그 웃음소리는 죽은 학생의 목소리였을까요? 화장실에서 들었던 웃음소리는 아직도 잊지 못하고 있습니다.

결혼식 이벤트

5년 전에 있었던 일입니다. 친했던 언니의 결혼식
이 공포의 결혼식이 되어버린 일이죠. 이야기의 시작은
언니를 알게 됐던 그 날로 돌아가겠습니다. 20대 초반
저는 한신포차라는 술집에서 알바를 할 때였죠. 그 당시
전문대 재학 중이었고 사고 싶은 게 꼭 있어서 한 달만
일하게 되었습니다. 기본적인 주문을 받고 서빙 및 테이
블 정리가 주 업무인데 워낙 장사가 잘되는 가게라서 일

하는데 집중하지 않으면 경력자들조차 실수를 많이 하고는 했었죠.

　그런데 그날 저녁 술집에서 사건이 벌어지게 됩니다. 남자 손님 2명이 계신 테이블이었는데 제가 주문을 받았었죠. 주문은 닭발과 소주였고 20분 후에 음식을 가져다드렸습니다. 그리고 5분쯤 지났을 때 테이블 벨이 울리더군요. 그래서 그 테이블에 다가갔더니 음식을 다시 만들어달라는 겁니다. 왜 그러시냐고 물어보니까 음식이 너무 매워서 못 먹겠다고 하는 거였죠. 저는 일을 시작한 지가 얼마 되지 않아서 다른 직원에게 물어본다고 말씀을 드렸는데 그때부터 시작이었습니다. "손님이 바꿔 달라면 바꿔주면 되지 딴소리가 많아"라며 언성을 높이시고는 화를 내더군요.

　그 소리를 듣고 같이 일하던 경력자 언니가 다가와서는 수습을 해주셨습니다. 그리고 저에게 일하다가 모르겠으면 물어보라고 하더군요. 그 일이 있고 나서 언니와 정말 친해지게 되었죠. 일을 그만두고 나서도 가끔 만나 술 한잔하고 고민도 털어놓을 만큼 가깝게 지냈습니다.

언니와 알고 지낸 지 5년 정도 지났을 때 언니가 깜짝 발표를 하더군요. 그 소식은 결혼 날짜가 잡혔다는 이야기였는데 물론 어느 정도 예상은 하고 있었죠. 언니가 만나던 남자친구를 소개해준 적도 있었으니까요. 언니 남자친구는 규모가 있는 식당에서 주방장으로 일하고 있다고 들었습니다. 언니가 늘상 했던 말이 "결혼하면 형부가 맛있는 거 많이 해줄 것 같아"였어요. 저는 마냥 부러워했었죠.

그리고 6개월 후, 언니가 결혼식을 일주일 앞두고 있던 날이었습니다. 저녁 7시가 조금 넘은 시간이었는데 언니에게 전화가 오더군요. 언니가 결혼식이 얼마 남지 않아서 그랬던 건지 뭔가 기분이 이상하다며 시간 되면 커피나 한잔하자고 했습니다. 그렇게 부평역 근처 카페에서 언니를 만나게 되었고 이것저것 이야기를 했었죠.

그런데 언니 표정이 평소와 다르게 좀 어두웠습니다. 결혼식이 가까워질수록 남자친구와 다투게 된다면서 한숨을 쉬더군요. 심지어 웨딩 사진 촬영을 하면서도 싸웠다고 하는데 그 이유가 형부는 마냥 저렴한 곳을 원했고 언니는 평생 한 번 찍는 거 좋은 곳에서 하고 싶다며 혼자서 예약해버렸다고 했죠. 형부는 상의 없이 결정했다고 화를 내는 거였고요. 이런저런 이야기를 나누고 나서 집으로 돌아갔습니다.

　며칠이 지나 드디어 언니의 결혼식 날이었죠. 인천 모 웨딩홀에서 12시 예식이었고 웨딩드레스를 입은 언니를 보기 위해서 조금 일찍 도착했습니다. 신부대기실에서 언니를 봤는데 저도 얼른 결혼하고 싶다는 생각이 들더군요. 언니와 간단한 사진을 찍고 나서 저는 예식장에 들어가 하객석에 앉아 있었습니다. 잠시 후 예식이 시작된다고 안내 멘트가 나오자 사람들이 분주하게 자리에 착석했었죠.

　예식은 물 흐르듯이 진행이 되고 신랑 신부 입장 후

주례 낭독을 하고 있을 때였습니다. 갑자기 사람들이 힐끗거리면서 뒤를 쳐다보더군요. 저도 무슨 일인가 싶어서 뒤를 쳐다보았는데, 정말 깜짝 놀랐습니다. 아니, 충격 그 자체였습니다. 예식장 입구 앞에 어떤 남자가 서 있었는데 때가 타서 더러워진 옷차림에 한 손에는 망치를 들고 있었거든요. 누가 봐도 결혼식 하객은 아니었죠. 하지만 문득 그런 생각이 들었습니다.

'이벤트구나!'

마침 주례사 낭독이 끝나고 나서 축가 및 이벤트를 진행할 순서였습니다. 언니 성격이 여장부 같고 장난기가 많아서 기억에 남을 이벤트를 준비했나 보다 생각이 들었죠. 아마 다른 하객들도 저와 같은 생각이었을 겁니다. 사회자가 "그럼 축하 및 이벤트를 진행하겠습니다"라는 멘트를 하자마자 문밖에서 그 남자가 걸어 들어오더군요. 당연히 하객들은 그 남자에게 시선을 돌렸어요.

그런데 언니와 형부도 당황한 기색이 보였습니다. 그 남자는 천천히 형부 쪽으로 다가가더니 손에 쥐고 있던 망치를 들고 형부를 향해 내리치는 겁니다. 다행히도 넘어지면서 망치를 피하게 되었고 하객들은 소리를 지르며 예식장은 아수라장이 되었죠. 앞에 계시는 남자분들이 괴한을 제압했고 곧장 경찰에 신고했습니다. 잠시 후 경찰이 도착해 그 남자를 연행하고 나서 예식은 마무리되었죠.

그 사건이 있고 나서 언니는 한동안 연락이 되질 않더군요. 그러다 한 달쯤 지나 언니를 만나게 되었는데 정말 섬뜩한 이야기를 하는 겁니다. 결혼 전 형부는 언니와 사귀면서 몰래 만나는 여자가 있었다고 하더군요. 형부와 같은 식당에서 일하는 여자였는데 알고 보니 언니와 만나기 전부터 사귀고 있었다고 합니다. 언니와 결혼 날짜를 잡고 결혼 준비를 하는 기간에도 그 여자를 만났다고 해요.

결혼식 일주일 전 형부는 그 여자에게 헤어지자고 통보했다고 합니다. 그 여자는 형부에게 매달리면서 다시 잘해보자고 했지만 형부는 일주일 뒤에 결혼한다면서 그 여자와 잔인하게 헤어졌다고 했죠. 화가 난 여자는 부평역 근처 노숙자들을 눈여겨보고 그중 한 노숙자에게 돈을 주며 이상한 부탁을 했다고 합니다. 그 부탁은 결혼식을 망쳐달라는 것이었죠.

모든 사실을 알고 나서 언니는 형부와 헤어지게 되었고 한 달간 혼자 여행을 하면서 마음을 정리했다고 합니다. 그리고 결혼식장에서 난동을 부린 괴한과 그런 부탁을 했던 여자는 특수협박죄를 적용해 집행유예를 선고받았다고 하더군요.

현재 언니는 잘 지내고 있습니다. 다만 남자라면 기겁을 할 정도로 싫어하게 되었죠. 그 당시 기억은 정말 충격적이었지만 한편으로 잘 됐다며 그런 놈인 줄 모르고 살았으면 후회했을 거라고 언니가 말하더군요. 정말 제 기억에서 지우고 싶은 언니의 결혼식이었습니다.

장례식장에서
들은 이야기

    3년 전, 저는 대학생이었는데 여름휴가를 맞아 가족들 함께 광주에 살고 계시는 고모 댁에 놀러 가게 되었죠. 고모는 유계동 근처에서 조그만 펜션을 운영하고 계셨는데 고모부와 고모 두 분이 운영을 하시는지라 항상 일손이 부족했습니다. 어떻게 보면 휴가가 아니라 일을 도와주러 가는 편이었죠. 그래도 고모부와 고모가 정말 잘 챙겨주시는 편이어서 고모 댁에 갈 때는 늘 기분이 좋았습니다.

집에서 4시간 정도 걸려 고모 댁에 도착했고 짐을 풀고 나서 고모가 준비해 주신 음식으로 가족들끼리 저녁을 먹고 있었죠. 그때 고모가 이야기를 꺼내시더군요. 사실 고모 아시는 분이 장례업을 하고 있는데 내일부터 3일 정도 급하게 상조 도우미를 구한다고요. 시간 괜찮으면 알바라고 생각하고 같이 가자고 하시는 겁니다. 시급은 하루 일당으로 10만 원을 준다고 하셨고 하는 일은 기본적인 음식 서빙과 청소라고 하셨죠. 시간은 오전 9시부터 저녁 9시까지 12시간 근무라서 꽤 길었지만 하루 종일 움직이는 게 아니라서 할 만하다고 말씀하시더군요. 그 당시 대학생이라 용돈이나 벌자 싶어서 고모에게 알겠다고 이야기했습니다.

다음 날 오전, 부모님은 댁에 계시고 저와 고모는 오전 9시까지 광산구에 있는 비교적 규모가 작은 장례식장에 도착했죠. 인원이 많을까 봐 걱정을 많이 했었는데 다행이다 싶었어요. 자동차가 없으면 방문하기 힘들 정도로 변두리에 위치하고 있었고, 저 같은 초보가 일할 수준이겠구나 싶어서 그나마 안심이 되더군요. 사실 아무리 간단한 일이라지만 웃으면서 할 수 없는 일이기 때문에 부담이 되긴 했나봐요.

장례식장에 들어가니 관계자로 보이는 남자분이 오셔서 블라우스와 검은색 긴 바지 그리고 앞치마를 건네시더군요. 그리고 업무에 대해 설명을 하면서 이곳은 소규모 사업체라 유가족들이 대부분 삼일장을 치른다고 말씀하셨죠. 어차피 딱 3일만 도와주기로 했으니 알겠다고 하고서 고모와 저는 서둘러 음식 세팅과 테이블 정리를 하고 조문객 맞을 준비를 했습니다.

고인의 사진을 보니 60대 정도로 보이는 분이었고 집안에 남자가 없어서 그런지 저와 비슷한 또래로 보이는 고인의 딸이 상주 역할을 하더라고요. 그리고 10시쯤 돼서 조문객들이 방문하기 시작했고 고모는 음식 서빙을, 저는 신발 정리와 조문객들이 먹은 음식들을 치우는 일을 하고 있었죠.

일하다 화장실이 급해서 고모에게 이야기하고 화장실로 들어가 좌변기에 앉아 있었는데 잠시 후 밖에서 어떤 여자가 통화하는 소리가 들리더군요. 들으려고 들은 게 아니고 생각보다 목소리가 너무 커서 생생하게 잘 들렸죠. 그 여자는 화장실에 아무도 없는 줄 알고 큰소리로 말했나 봅니다. 저는 그 여자가 하는 말을 듣고 좀 충격을 받았어요. "살아있을 때 그렇게 고집을 부리더니 잘 죽었다"면서 속이 시원하다고 하더라고요. 저는 고인이 살아계실 때 이 여자분과 사이가 안 좋았나 보다 생각했어요.

볼일을 마치고 화장실 문을 여는데 저를 보고 깜짝 놀라더군요. 그런데 저도 당황스러웠던 게 그 여자는 바로 상주, 그러니까 고인의 친딸이었던 겁니다. 장례 준비를 할 때 '내 또래가 상주를 맡고 있네'라고 생각했기 때문에 얼굴을 기억을 하고 있었던 거죠. 아버지가 돌아가셨는데 저런 말을 서슴없이 하니까 소름이 돋고 충격적이었습니다. 저는 화장실에서 나와 일을 시작했지만 머릿속에는 그 여자가 했던 말이 잊히지 않더군요. 그 여자는 장례식장으로 들어오더니 슬픈 표정을 지으면서 조문객을 응대하더라고요. 이런 이야기를 고모에게 말씀드렸지만 남의 집 일이니까 신경 쓰지 말라며 하셨고 저도 그냥 넘기기로 했습니다.

그리고 알바 마지막 날 발인을 앞두고 있을 때 사건이 터져버렸죠. 형사분이 찾아와 상주인 여자분을 데리고 나갔고 조문객들은 당황스러워하며 그 장면을 보고 있었습니다. 그리고 안 좋은 소문은 순식간에 퍼졌다고 하더군요. 저도 서울에 올라와 고모에게 들었는데 고인이 되신 분이 일반적인 사고로 돌아가신 게 아니라는 겁니다. 사건의 내막은 고인의 딸과 관련이 있었죠.

그 집은 아버지 혼자서 딸을 키운 한 부모 가정이었는데 딸이 시집갈 나이가 돼서 남자를 하나 데리고 왔답니다. 그런데 아버지가 반대하셨다고 하더군요. 이유가 상대 남자 발목에 전자발찌가 있어서 그랬다고 합니다. 딸은 막무가내로 결혼 허락을 해달라고 했고 아버지가 끝내 반대하자 딸은 남자친구를 시켜 아버지를 죽여 달라 부탁한 거였죠. 치밀하게 계획을 한 탓인지 사고사로 종결되었는데, 장례를 치르던 중 남자친구가 자수하는 바람에 덜미를 잡힌 겁니다.

고모에게 이야기를 듣고 나서 믿기 어려웠지만 정말 씁쓸하더군요. 혼자서 힘들게 딸을 키우셨을 텐데 그런 일을 당하셨다니 아무 말을 할 수가 없었습니다. 패륜아라는 단어가 생각이 나는데 그 딸은 평생 괴로워하며 살았으면 하네요. 만약 그 남자가 자수를 하지 않았다면 모르고 넘어갈 수도 있었을 거라 생각을 하니까 섬뜩하고 무섭더군요. 고모 댁에 갈 때마다 그 사건이 생각이 나고 화장실에서 들었던 여자의 말이 기억에서 지워지지 않습니다.

베개 속에
붙여놓은 부적

　　6년 전 짧은 연애를 하고 한창 결혼식 준비를 하던
때였죠. 저희 부부는 금전적으로 여유롭지가 않아서 남
들처럼 좋은 곳에서 결혼식은 하지 못했어요. 그리고 신
혼여행도 아직 못 갔죠. 사실 결혼 전부터 시어머니 반
대가 무척 심했어요. 이유는 하나뿐인데 제가 아버지 없
이 자라서 그 부분을 안 좋게 보셨다고 하시더라고요.
우여곡절 힘겹게 결혼식을 올렸고 남편과 저는 시어머

니댁에 들어가서 살게 되었죠. 시어머니 말씀으로는 나가서 살지 말고 돈을 좀 모은 다음에 분가하라는 말씀이었어요. 그 말씀도 맞긴 맞지만 그날부터 지옥 아닌 지옥이 시작되었어요.

처음에는 시어머니 기분을 맞춰드리기 위해 노력을 엄청나게 했답니다. 그런데 하는 것마다 나무라시고 혼을 내시더군요. 뭐 제가 마음에 안 들어서 그럴 수 있는 부분이기에 좀 더 잘하면 되겠지 하는 마음으로 지냈던 것 같아요. 다음 날 문득 이상한 걸 보게 되었어요. 남편과 제 베개를 세탁하기 위해 베개 커버를 분리했는데 그 안에서 노란색 종이에 빨간색 글씨로 새겨진 부적이 하나 있더라고요. 이게 뭘까 싶어서 보고 있는데 시어머니가 말씀하셨어요.

"새아가, 뭐 하냐. 빨리 빨랫감 가지고 오지 않고."

"어머니 이게 뭐예요?"

시어머니는 부적을 빼앗듯이 낚아채더니 쏘아붙이셨죠.

"알 거 없다."

그러고는 방에서 나가셨어요. 그때는 아무 생각도 하지 않았어요.

집안일도 시어머니와의 관계도 힘든 건 사실이었지만 가장 힘든 건 "언제 아이 가질래?" 하는 시어머니 재촉이었어요. 제가 어릴 때부터 몸이 약해서 병원에 들락날락거렸고 그런 탓인지 아이가 쉽게 생기질 않더라고요. 그렇게 한 달이 지났고 남편도 점점 달라지기 시작했죠. 처음에는 제 편만 들어주던 남편이 어느새 시어머니 편을 들고 저를 무시하기 시작하더라고요. 퇴근 후 일찍 들어오지도 않고 외박은 잦아졌고요. 여자의 느낌이란 게 있잖아요? 이 남자 뭔가 있다는 촉감이 들었고 시어머니께 친정에 잠시 다녀온다고 하고 남편 회사에 몰래 찾아가게 되었어요.

때마침 회사 앞에 동료 직원이 보이길래 가서 물어봤죠. 그랬더니 오늘 반차를 쓰고 퇴근했다고 하더군요. 점점 이상하다 이상하다 하고 생각하고 있는데 한 가지

머릿속에 떠오르는 게 있었습니다. 남편과 시어머니는 어느 날부터 일요일 오전 9시에 교회를 간다며 외출을 하기 시작했죠. 남편과 연애를 짧게 했지만 처음 만났을 때 저보고 무교라고 했던 게 기억이 났거든요. 분명히 뭔가 있다고 생각이 들었습니다. 일주일 후 시어머니와 남편이 일찍 일어나 외출 준비를 하더라고요.

"여보, 나도 교회 같이 갈까?"

"안 돼. 당신은 그냥 집에서 쉬어."

남편이 냉정하게 말하길래 알았다고 하고서는 시어머니와 남편이 나가길 기다렸습니다. 잠시 후 문을 닫고 나가는 소리가 들렸고 저는 곧장 남편과 시어머니를 뒤따라 갔죠. 급히 택시를 잡고서는 말했습니다.

"아저씨, 저기 보이는 검은색 소나타 좀 빨리 따라가주세요!"

그렇게 십여 분을 달려 도착한 곳은 교회가 아닌 어느 한적한 주택가였습니다. 그리고 시어머니와 남편은 곧장 그 집으로 들어갔죠. 20분 정도 흘렀을까. 두 사람이 그 집에서 웃으면서 나오길래 남편에게 소리쳤죠.

"야! 여기가 교회야?"

남편은 무척 당황한 듯 말까지 더듬으면서 이야기 하더군요.

"그, 그게, 어머니가 시켰어."

시어머니는 민망하신지 급히 서둘러 가셨고 남편이 이야기를 해주더군요. 시어머니와 남편이 들어갔던 곳은 무당집이었어요. 그런데 제 팔자가 남편 잡아먹을 팔자라는 거예요. 아버지도 저 때문에 돌아가신 거고 남편까지 사고가 날 거라고요. 무당이 말하는데 제가 등 뒤에 귀신을 달고 다닌다고 했다더군요. 그 소리를 들은 시어머니는 제 베개에 부적을 놓아두곤 했던 거였죠.

그런데 충격적인 것은 그 부적이 이혼을 하게끔 하는 부적이었답니다. 그리고 시어머니는 남편에게 다른 여자도 소개해주었다죠. 남편의 외박이 잦아진 것도 그 이유 때문이고요. 너무 화가 나고 어이가 없어서 시어머니께 한마디 했어요. 제가 뭘 그렇게 잘못했냐고 따지니

"넌 잘못 없어. 잘못이라면 네 뒤에 붙어있는 귀신이 잘못이겠지" 하고 말씀하시더라고요.

그런데 말씀하시면서 저를 쳐다보는 눈빛이 정말 이상했어요. 소름 돋을 정도로 말이에요. 그럼 아이는 왜 빨리 가지라고 하셨냐고 물어봤죠. 어머님 말씀대로면 아이 없이 빠르게 헤어져야 할 테니 말이에요. 그러니 하시는 말씀이 아이가 태어나면 그 아이의 선한 기운 때문에 저에게 붙어있던 귀신이 달아날 거라고 이야기하셨어요. 솔직히 현실적으로 이걸 믿기도 그렇고 그냥 넘기자니 너무 찜찜하더라고요.

그래서 어떻게 되었냐고요? 아쉽지만 사이다 결말은 아니에요. 현실은 소설 같지 않더라고요. 남편과 이혼을 하려고 했지만 차마 하지 못했습니다. 저희 엄마 때문이에요. 아버지 없이 혼자서 뒷바라지해주셨고 제가 결혼해서 너무도 좋아하시는데 차마 말씀드리기가 힘들었어요.

1년 후 결국 남편과 저는 아이가 생겼고 분가 후에

평범하게 살고 있습니다. 시어머니는 그때 이야기를 하면 자기가 뭐에 씌었던 것 같다면서 왜 그랬는지 모르겠다고 하시더라고요. 아직까지 남편이 용서가 안 되지만 이제는 아이를 위해 살기로 했습니다. 그 무당말대로 아이가 태어났으니 저에게 붙어있던 귀신은 떨어져 나간 거겠죠? 아니면 반대로 시어머니에게 귀신이 붙어 그런 이야기를 하셨던 걸까요? 아직도 의문입니다.

사타부언 사타부언

지금으로부터 6년 전에 겪은 무서운 일입니다. 정말 충격적이고 소름 돋는 경험이라 용기 내어 사연을 보내게 되었습니다. 저는 초등학생 아이를 둔 40대 주부입니다. 2010년에 남편과 결혼하고 2년 후에 아이가 태어났죠. 그리고 아이가 4살 되던 해 시부모가 살고 계신청양으로 내려가게 됩니다. 시골에 혼자 계신 시어머니가 기력이 없으시다고 해서 남편과 상의 후 곁에서 모시기로 했기 때문이죠. 아이 유치원 문제나 남편 직장문제 등 쉽지 않은 결정이었지만 아이가 초등학교 입학 전까지만 시골에 있겠다고 해서 남편 말을 따랐습니다.

시어머니는 혼자서 식사를 챙겨 드시지 못할 정도로 컨디션이 좋지 않으셨고 저는 반년 동안 최선을 다해 모셨죠. 사실 저희 부모님도 병으로 돌아가셨는데 바쁘다는 핑계로 병간호도 못 해드린 게 늘 마음에 남아 있었습니다. 그 생각에 시어머니를 저희 부모님 대하듯 모셨고 그 덕인지는 모르겠지만 산책을 하실 만큼 많이 좋아지셨죠.

남편은 동네분들 밭일을 도와주면서 생활비를 가져다줬는데 그마저도 일이 불규칙적이라 돈이 늘 부족했습니다. 시골에 있으면 돈이 안 들 거라고 생각하는 분들도 계실 건데 도시만큼은 아니더라도 꽤 많이 들어가더라고요. 그리고 4살 아이가 있으니까 반찬도 신경 써야 하고, 시어머니 약 값까지 감당하기가 힘들었습니다.

도저히 안 되겠다 싶어서 근처 일자리를 알아보게

됐고 청양군에 있는 김치공장에서 사람을 모집한다는 걸 알게 됐죠. 근무 시간은 8시부터 4시까지고 한 달 급여를 130만 원이나 준다고 하더군요. 당시 시급을 생각하면 괜찮은 벌이였어요. 저는 남편이 주는 생활비를 받는 것보다 나을 듯 싶어 남편에게 아이를 좀 봐달라고 하고서 김치공장 면접을 보게 되었습니다.

면접이라고 해서 어려운 자리도 아니었고 공장장님과 간단한 이야기를 나누는 정도였어요. 그 다음에 근처 보건소에서 보건증을 가져오라고 하더군요. 이틀 후에 바로 출근을 하게 됐고 제가 맡은 일은 김치 속에 양념을 넣는 단순 반복적인 일이었습니다. 같이 일하는 동료는 여성분 10명과 남성분 3명인 소규모 공장이었고 김치를 만들어 인터넷으로 판매하는 회사라고 하더군요.

일할 때는 마스크를 껴서 몰랐는데 점심시간이 돼서 알게 됐죠. 한 사람만 빼고 다들 외국인 노동자였어요. 이야기를 들어보니 케냐 사람부터 중국인까지 정말 다양하더라고요. 어차피 말이 필요 없는 일이고 시골 변두리에 있다 보니 그럴 수도 있겠다 싶었습니다. 제가 입사했던 시기가 한창 바쁠 때라고 했는데 퇴근 시간이 가까워지자 2시간만 잔업을 해달라고 하는 겁니다. 저는 첫날이고 해서 힘들 것 같다고 말하고 곧장 퇴근했죠.

그런데 다음 날 어제 같이 일했던 사람 중 한 명이 보이질 않는 겁니다. 일이 힘들어서 그만둔 거라 생각했고 빈자리는 새로운 사람이 채용됐죠. 그날도 잔업을 해야 된다고 했고 계속 빠지는 것도 눈치가 보여 이번 주만 일찍 가고 다음 주부터는 잔업을 한다고 이야기했습니다.

그날도 무사히 집으로 갔고 다음 날 출근을 했는데 한 명이 또 비는 겁니다. '뭐 개인 사정이 있겠지'라고 생각하며 일하고 있었는데 반장님이 인원 부족으로 물량을 맞추지 못했다고 저에게 오늘 잔업을 꼭 해달라고 부탁을 하는 거였죠. 다음 주부터 잔업을 시작한다고 이야기해둔 상태지만 바쁘다고 하니 눈치도 보이고 해서 어쩔 수 없이 알겠다고 했습니다. 4시 10분부터 잔업이 시작되었고 물량을 맞추기 위해 부지런히 일했죠. 잔업이 끝나는 시간은 6시인데 조금 늦어져 6시 30분에 끝이 났습니다.

옷을 갈아입고 집으로 가려는데 같이 일하는 동생두 명이 밥을 먹으러 가자고 하더군요. 저는 아이가 기다리고 있을까 봐 그냥 집으로 간다고 하니 밥만 간단히 먹고 가자고 계속해서 말하는 겁니다. 한참 고민하다 남편에게 전화해서 상황을 설명했어요. 알아서 챙겨 먹을 테니까 편히 먹고 오라고 하더라고요.

고깃집으로 향했고 밥만 먹으려고 했으나 오랜만에 느껴보는 기분에 술도 한잔하게 됐죠. 동생들은 중국 광동에서 왔다고 하던데 한국이 좋아서 일까지 하게 됐다고 하더군요. 생각보다 한국어를 잘해서 중국인이라고 말하지 않으면 한국인처럼 보일 정도였어요. 동생들은 한국어로 이야기하다 가끔 둘이서 중국어로 대화를 하던데 저는 무슨 말인지 모르니까 듣고만 있었습니다.

그때 남편에게 전화가 왔고 언제쯤 오냐고, 시골

밤길 위험하니까 데리러 온다고 하더군요. 그래서 남편에게 위치를 말해주고 전화를 끊었는데 동생들이 중국어로 심각한 표정을 지으면서 말을 하고 있더라고요. 정확하게는 모르겠는데 두 마디 정도는 확실하게 들렸습니다.

"청웅."
"사타부언 사타부언."

이런 말을 반복하던데 저는 동생들에게 그게 무슨 뜻이냐고 물어봤죠. 그러니까 중국에 사는 친구 이름이라고 하더군요. 그래서 그냥 그런가 보다 하고서 남편을 기다렸어요.

그런데 갑자기 동생들이 저를 집까지 데려다준다고 하더라고요. 저는 괜찮다고, 남편이 데리러 오기로 했다고 이야기하니까 남편에게 전화해서 오지 말라고 하면 안 되냐고 하는 겁니다. 그 말이 끝나자마자 동생들은 밥값을 계산하고 식당을 나섰고 저도 얼떨결에 자리에서 일어나 식당을 나가게 됐죠. 식당을 나가자마자 선팅이 짙은 검은색 승용차가 식당 앞에 정차했어요. 차 안에는 어떤 남자가 운전석에 앉아 있었는데 동생들 아는 친구라고 집 가는 길에 불렀다고 하더군요. 동생들은 저도 집까지 데려다준다고 어서 타라고 재촉했죠. 저는 남편을 기다려야 한다고 실랑이를 벌였습니다.

어쩔 수 없이 남편에게 전화해 혹시나 출발 안 했으면 그냥 집에 있으라고 말하려고 했더니 남편은 진작 출발했고 거의 다 와 간다고 말하더라고요. 전화를 끊고 미안한데 남편이랑 같이 가야겠다고 동생들에게 말하니까 갑자기 제 손을 잡아당기며 차에 타라고 힘을 쓰는 겁니다. 제가 젊을 때 힘든 일을 워낙 많이 했고 아이 키운다고 고생해서 그런지 동생들에게 완력으로는 밀리지 않았죠. 그때 남편이 도착했고 동생들은 남편을 보자마자 도망치듯 사라지는 겁니다. 인사도 없이 그냥 가버리니 당황스러웠죠. 남편과 집으로 가다 "당신이 조금만 늦게 왔으면 동생들에게 납치될 뻔했어"라고 농담으로 웃으면서 말했습니다. 그리고 술자리에서 있었던 일을 이야기하다가 동생들이 '청웅' '사타부언' 이런 말을 유독 많이 했다고 남편에게 말했죠.

그 말을 듣고 나서 남편이 휴대폰으로 검색을 했는데 갑자기 표정이 심각해지더군요. 남편은 뒤를 돌아보고 주변을 살피면서 아무 말도 없이 집으로 향했고 집에 도착하자마자 그 뜻을 말해주는데 너무 소름 끼치고 충격이었습니다. '청웅'이란 말은 사람이 죽고 난 뒤 사후 경직되면서 파랗게 피부가 변한다고 하여 '죽은 사람'을 부르는 말이었대요. '사타부언'은 우리말로 해석하자면 '죽은 자는 말이 없다'는 뜻인데 장기 적출 같은 일을 한 후에 잘 마무리됐다는 의미로 쓴다고 하더군요. 한마디로 장기매매 브로커들이 쓰는 단어라고 하는 겁니다.

이건 개인적인 추측이지만 잔업을 하고 나서 다음 날 출근을 하지 않았던 사람들은 퇴사한 게 아니고 다른 이유로 사라진 게 아닐까 하는 무서운 생각이 들었습니다. 만약 저희 남편이 전화를 받지 않았거나 제가 그 차에 탔더라면 어떻게 됐을까요? 지금도 그날 일이 떠올라 너무 소름 끼치고 무섭습니다.

캠핑장에서 꾼 꿈

때는 지금으로부터 7년 전에 있었던 일입니다. 꽃샘추위가 한창이던 날씨에 저 포함 친구 4명이 여행을 계획하고 있었어요. 고등학교 때부터 친했던 친구들이라서 대학생이 되어도 가끔 만나서 놀고는 했습니다. 그날은 여행 계획도 세울 겸 술도 한잔하기로 했었죠.

"야, 그래서 어디 갈래?"

"글쎄. 난 바다 쪽이 좋은 거 같은데. 어때?"

"이 추운 날씨에 바다는 좀 그렇지."

서로 의견이 엇갈린 가운데 한 친구가 이야기하더라고요.

"그럼 바다 가고 싶은 사람도 있고 아닌 사람도 있으니까 바다 근처에 있는 캠핑장은 어때?"

다들 괜찮은 의견인 것 같다고 이야기했고 그렇게 여행 날짜를 잡게 되었죠. 며칠이 지나고 드디어 여행을 가는 날이 다가왔습니다. 자동차를 렌트하고 친구들과 마트에 가서 장을 보고 나서 인천에 있는 해수욕장 근처 캠핑장으로 출발했죠. 가끔 만나서 놀기는 했었어도 여행은 오랜만에 가는 거라 굉장히 설렜습니다. 그 사건이 일어나기 전까지는 말이죠.

무사히 캠핑장에 도착했고 예약해둔 자리에 텐트를 설치했습니다. 솔직히 글램핑이 편하긴 하겠지만 금액이 비싸기도 했고 텐트에서 자는 것도 추억일 거라 생각했었죠. 사실 이 문제로 친구들과 갈등이 많았습니다. 친구 둘은 텐트는 춥다고 글램핑을 하자고 했고 저와 다른 친구는 텐트가 좋다고 했죠. 결국 가위바위보로 정했고 제가 이겨서 텐트 설치를 하게 된 거죠. 게다가 친구 아버지가 캠핑 동호회 회원이어서 웬만한 장비는 다 있었답니다.

그렇게 텐트를 치고 테이블 의자도 펴놓고 나서 바다를 바라보며 있으니 조금 졸리더라고요. 운전을 한 탓인지, 전날 잠을 설쳐서 그런 건지, 저는 텐트로 들어가서 눈을 좀 붙였습니다. 그거 아시죠? 잠깐 눈 붙인 거 같은데 몇 시간이 훌쩍 지나간 경험. 저는 꽤 오래 잤다 봐요. 그리고 이상한 꿈을 꿔서 놀라며 일어났죠. 그 꿈은 친구들과 제가 소리를 지르며 도망가는 꿈이었는데 정확하게 기억이 나진 않지만 좋지 않은 느낌이었어요.

눈을 뜨니 벌써 저녁 6시가 다 되어가고 있었고 아직 초봄이라 해가 생각보다 빨리 지려고 하더군요. 두꺼운 패딩을 입고 텐트 밖을 나가니 친구 3명이 벌써 숯을 피우고 있더라고요.

"야 이제 일어났냐?"

"깨우려고 했는데 잠꼬대까지 하면서 기절했더라."

저는 친구들에게 이상한 꿈을 꿨다고 이야기했고 친구들은 개꿈이라며 술이나 한잔하자고 했습니다. 술을 마시기 시작한 지 3시간 정도 지나자 슬슬 취기가 오르더라고요. 자정이 다 돼서 친구들은 텐트 안에서 잠이 들었고 저는 낮에 잠을 자서 그런지 잠이 오질 않았어요. 그리고 모처럼 놀러 왔는데 그냥 자는 것도 시간이 아깝더라고요.

"야야, 일어나 봐! 여행 왔는데 벌써 자려고?"

친구 셋 중 두 명은 기절해서 일어나질 않았고 한 친구는 기지개를 펴며 일어났습니다.

"안 자고 뭐 하려고?"

"내가 폭죽 가져왔는데 그거나 하자."

원래는 바다에서 폭죽놀이를 하려고 했는데 날도 춥고 바다까지 걸어가기에는 어둡기도 해서 캠핑장 근처에서 불꽃놀이를 하고 있었죠. 정확한 시간은 모르겠지만 새벽 2시에서 3시 정도 됐을 겁니다. 한참 불꽃놀이를 하다가 친구가 한마디 하더군요.

"야, 저거 봐바."

저는 고개를 들어 친구가 가리키는 쪽을 쳐다 보았는데 조그만 불빛 같은 게 보이더라고요.

"아직도 누가 안 자고 놀고 있나보네."

저희는 대수롭지 않게 생각했습니다. 제가 가져온 폭죽은 금방 다 써버렸고 슬슬 들어가려고 하는데 친구가 다급하게 말하더군요.

"야야! 저거 불난 거 아냐?"

그러고 보니 아까 조그만 불빛이 있던 위치에서 무언가 미친 듯이 불타고 있었습니다. 친구와 저는 급하게 그쪽으로 뛰어갔고 가까이 가보니 텐트 하나가 온통 불에 휩싸여 있었어요. 바로 옆 텐트에 계시는 아저씨가 급히 나와서는 빨간색 양동이에 물을 받아서 뿌리고 있었습니다. 친구는 같이 물 받는 걸 도왔고 저는 곧장 119에 신고했죠.

아저씨는 불타는 텐트로 가서 힘겹게 입구를 열었

는데, 글쎄 텐트 앞에 초등학생으로 보이는 꼬마 아이가 울고 있었습니다. 저희는 아저씨를 도와서 급히 아이를 꺼냈고 아이는 불타는 텐트를 보며 기겁을 하더라고요. 지금 와서 드는 생각이지만 그 아이는 평생 트라우마로 남을 듯합니다. 뒤늦게 구급차 출동했지만 결국 텐트 안에 있던 5명은 사망했다고 하더라고요. 텐트 내 설치된 제품이 전기가 누전되어 불이 났다고 들었죠.

저는 급하게 자고 있던 친구들을 깨웠습니다. 친구 한 명이 비몽사몽으로 일어나더니 불타서 시커멓게 변한 텐트를 보고서는 깜짝 놀라더라고요. 그리고 소름 돋는 이야기를 했습니다.

"야, 사실 저 인디언 텐트 글램핑 있잖아. 저 자리 내가 예약하려고 했던 거야."

그 이야기를 듣는 순간 온몸에 소름이 돋더군요. 만약 제가 가위바위보에서 졌다면 저희는 어떻게 되었을까요? 그리고 제가 꾼 꿈은 이 사건이랑 연관이 있는 것일까요? 너무 무서웠던 경험이었습니다.

아내와 침괘

　가끔 그 친구 얼굴이 기억이 납니다. 지금부터 들려
드리는 이야기는 제가 겪은 실화이며 정말 충격적이라
아직도 잊지 못하고 있습니다. 때는 7년 전쯤 있었던 일
입니다. 저는 그 당시 사업 실패로 인해서 신용불량자가
되어버렸고 먹고살기 위해 새벽마다 인력사무소에 나가
일을 할 때였죠.

　제가 박 씨를 처음 본 건 인력사무소에서 일한 지

한 달 정도 지났을 때였습니다. 새벽같이 나가서 사무실에서 대기하다 근처 공사 현장으로 일을 하러 가는데 그마저도 일이 없으면 강제로 집으로 가야 하는 경우가 가끔 생기죠. 그래서 사무실에 모인 사람들 표정을 보면 대부분 밝진 않습니다. 그런데 박 씨는 달랐죠. 얼굴에 여유가 넘치고 매사에 긍정적이어서 그런지 주변 사람들과 금세 친해지더군요.

하루는 일을 끝내고 평소 친하게 지내던 인부들끼리 술 한잔하게 되었습니다. 술을 마시다 박 씨 이야기가 나왔고 박 씨도 술자리에 부르게 됐죠. 아마 그때부터 친해지게 되었던 것 같습니다. 저와 비슷한 점이 하나 있었는데 박 씨도 사업 실패로 인해 이 일을 시작하게 되었다는 점이었죠. 하지만 저는 혼자 사는 처지고 박 씨는 고등학생 자녀가 둘이나 있어서 하루 일당을 받으면 만 원만 남기고 아내에게 송금한다더라고요. 혼자서 살기도 힘든데 정말 대단하다고 생각이 들었고 나이는 저보다 2살 어리지만 본 받아야 될 점이 많았습니다.

그렇게 박 씨와 친해지고 3개월 정도 지났을 때였죠. 늘 표정이 밝았던 박 씨가 그날따라 안색이 좋지 않더군요. 어디 아프냐고 물어보니 괜찮다고만 대답하고서 자리를 피하더라고요. 뭐 말 못 할 사정이 있겠지 하고서 그냥 넘겼습니다. 그날부터 박 씨 표정은 늘 어두웠고 불과 3개월 전과 지금은 너무 다른 사람이 되어 있었죠. 한번은 일을 하다 다른 생각을 했는지 앞을 보지 못하고 넘어져 손가락 골절상까지 당하고 말았습니다.

그 후로 박 씨는 더이상 인력사무소에 나오질 않았고 박 씨에 대한 기억이 점점 잊힐 때쯤 같이 일하는 인부에게 충격적인 소식을 듣게 되었죠. 그건 박 씨가 고인이 되었다는 이야기였습니다. 자세한 내막을 듣고 나서 왜 말을 못하고 그런 선택을 한 건지 조금이나마 알 것 같았죠.

박 씨 가족은 울산에 거주했답니다. 그래서 박 씨는 주말마다 울산을 찾아가 가족들과 시간을 보냈다고 하더군요. 그러다 어느 날 가족들 얼굴을 보기 위해서 집으로 들어갔는데 집안에 아무도 없었다고 합니다. 아내와 통화도 되지 않았다고 했죠. 집에서 한참을 기다렸고 저녁이 되어서야 아이들과 아내가 집으로 들어왔는데 아내 표정이 정말 이상했다고 합니다. 뭔가에 홀려있는 표정이었다고 했죠. 말을 걸어도 "피곤하니까 나중에 이야기해"라고 하면서 자리를 피했다고 하더군요. 아이들에게 물어봐도 "엄마가 말하지 말랬어"라고만 했대요.

아내도 그렇고 아이들도 점점 이상해지기 시작했다고 합니다. 박 씨는 이대로 안 되겠다 싶어서 아내를 미행하기로 했고 일을 가는 것처럼 하고서 집으로 나온 뒤 외출하는 아내를 뒤쫓기 시작했죠. 아내가 원룸촌 건물로 들어가는 것을 보고 박 씨도 그곳으로 향했다고 합니다. 결국 알아낸 것은 아내가 점을 보러 다닌다는 것이었죠. 사주와 운세를 봐주는 유명한 곳이라고 하던데 나비선녀라고 이름만 들어도 알 정도로 점을 잘 본다고 소문이 났다고 하더군요. 아이들까지 데리고 다니면서 점집을 다녔는데 박 씨가 송금해 준 돈은 물론 사채까지 받아서 점을 봤다고 합니다. 그 사실을 알고 나서 아내와 자주 다투었고 그 이유 때문에 박 씨 표정이 좋지 않았던 거였죠.

그런데 거기서 끝이 아니었습니다. 박 씨가 주말이 되어서 집으로 찾아갔더니 아이들이 보이지 않았죠. 그래서 아내에게 물어보니까 집을 나갔다고 말을 했다더군요. 그게 무슨 말이냐고 하니 사실 점집에서 아이들과 같이 살면 일이 더 안 풀린다며 학교도 그만두게 하고 집에서 쫓아내야 한다고 말했다고 합니다. 박 씨는 화가 나서 아내에게 소리를 지르고 경찰에 신고까지 했대요.

아이들이 집에서 없어진 상태에서 박 씨에게 일은 중요하지 않았지만, 당장 한 푼이 아쉬웠던 처지라 경찰에 맡겨두고는 다시 일터로 나왔답니다. 일하면서 아이들 걱정에 다른 생각을 하다가 현장에서 넘어져 손가락이 골절되었고요. 박 씨는 어차피 일할 수 없게 되자 그 길로 곧장 울산에 내려갔대요. 아이들을 수소문하며 찾으러 다녔지만 쉽게 찾을 수가 없었다고 하더군요.

그리고 집으로 들어와 힘겹게 잠이 들었는데 목이
조여오고 숨쉬기가 힘들어 눈을 뜨니 눈앞에서 아내가
목을 조르고 있었다고 합니다. 아내를 밀치고 도대체 왜
그러냐며 울면서 물어보니까 박 씨가 죽어야 모두가 행
복하게 지낼 수 있다고 했대요. 무당은 박 씨가 사업에
실패하고 대구에서 일한다는 사실을 듣지도 않고 알아
맞혔나 봐요. 아내는 그때부터 무당말을 신뢰하기 시작
했다고 합니다. 이 사건이 있고 나서 아내는 집을 나가
연락이 두절되었다고 하더군요.

박 씨는 화가 나서 아내가 다니던 점집으로 찾아갔
더니 이미 문을 닫고 행방을 알 수가 없었다고 했죠. 결
국 아내와 아이들을 찾아다니다가 극심한 생활고와 우울
증까지 더해져 극단적인 선택을 했다고 하더군요. 박 씨
아내는 무당에게 세뇌를 당한 게 아닌지 의심됩니다. 한
가정이 이렇게 산산조각이 나는 걸 보니까 안타깝더군
요. 박 씨 얼굴이 생각이 나네요. 성실하고 밝은 친구였
는데 부디 좋은 곳에서 편히 쉬고 있을 거라 생각합니다.

절대 빌리면
안 되는 돈

지금으로부터 12년 전에 겪은 무서운 사건입니다. 그 당시 너무 무서워서 집에만 있었던 기억이 나네요. 저는 어릴 적 가정 환경이 좋지 않아 힘들게 자랐고 공부보다는 얼른 취업해서 돈을 벌어야겠다는 생각을 가지고 살았죠. 군대를 다녀오고 나서 밤낮 가리지 않고 일만 했고 힘들게 모은 돈을 가지고 조그만 치킨집을 시작했습니다. 운이 좋았던 건지 장사는 생각보다 잘 되었는데 그 덕에 작지만 제 이름으로 된 집까지 마련했죠. 그때는 그 행복이 영원할 줄 알았습니다.

하지만 딱 거기까지. 어느 정도 여유가 생기니까 부모님 생각이 들었고 난생처음 여행을 보내드리려고 알아보던 중이었습니다. 쉬는 날 집에서 여행지를 알아보고 있는데 어머니에게 전화가 왔고 너무 놀라 곧장 병원으로 갔죠. 전화 내용은 아버지가 심근경색으로 쓰러져 응급실에 실려 가셨다는 이야기였습니다. 정말 슬프지만 심정지 시간이 길어 이미 뇌 손상이 진행돼 의식 회복이 힘들 수도 있다고 하더군요.

그 후로부터 일은 제쳐두고 아버지 병간호에 신경을 쓰면서 지냈죠. 물론 아버지 옆에 어머니가 계셨지만 어머니도 건강한 몸이 아니었기 때문에 아버지를 간호하다 오히려 잘못될까 싶어 제가 더 신경을 썼던 것 같습니다. 그렇게 어머니와 저는 노력했지만 아버지는 2년간 의식 없이 계시다 결국 돌아가셨죠.

장례를 치르고 나서 슬픔을 가질 시간도 없이 저는

일터로 나가야 했습니다. 그도 그럴 것이 2년간 아버지 병원비와 생활비 그리고 가게에 들어가는 각종 비용을 내다보니 적자가 났고 모아둔 돈은 이미 바닥이 난 상태였죠. 남은 건 제 명의로 된 집 한 채뿐이었는데 그마저도 세금 미납으로 위태로운 상황이었습니다. 가게를 예전처럼 운영하지 않았던 탓인지 매출이 눈에 띄게 줄었고 그 후로 6개월 정도 버티다 폐업을 하게 됐죠. 너무 힘든 시기였는데 하필 이때 어머니까지 갑작스럽게 돌아가셨습니다. 저는 하루하루 술만 마시고 살았어요. 솔직하게 극단적인 선택을 생각할 만큼 힘든 시기였죠.

그렇게 폐인처럼 살다 오래전에 알던 친구를 만나게 됩니다. 중학교 때부터 알던 친구인데 결혼한다고 연락이 오더군요. 평소 연락 한 통 없다가 결혼 핑계로 연락이 온 거 같아 기분이 좋지 않았지만 결국 마음을 비우고 축하해주러 갔죠. 그 계기로 인해 그 친구와 가끔 연락을 주고받게 됐고 같이 일을 시작하게 됩니다.

친구는 술집을 운영했는데 간판만 술집이고 실체는

그게 아니었죠. 그곳은 술집으로 위장한 소규모 도박장이었는데 회원만 받아서 운영하고 있다고 하더군요. 저는 친구에게 도박장은 불법적인 일이라서 안 한다고 하니까 단속될 가능성은 희박하다고 웃으면서 말했죠. 큰돈을 벌 수 있다기에 한참 고민하다 친구 말을 듣고 동업을 하게 됩니다.

첫 달 수익은 아직도 기억에 남아요. 제가 살면서 한 달 만에 그렇게 큰돈을 번적은 난생처음이었으니까요. 저는 친구를 더욱 신뢰하게 됐고 더 큰 사업을 계획하게 됩니다. 도박장을 확장해 더 많은 손님을 모을 생각이었죠. 사업을 진행하기 위해서 공사비용이나 인건비 등 돈이 생각보다 많이 필요했고 그 돈을 준비하기위해 수단과 방법을 가리지 않고 알아보고 있었습니다. 물론 돈 많은 친구 덕을 보면 되겠지만 그렇게 되면 제 지분이 낮아지기 때문에 어떻게든 돈을 구하려고 노력했죠. 평범한 은행에서는 돈을 빌리기 어려웠어요. 신용문제도 있고, 자영업자인 제게는 직장이 없는 관계로 돈을 빌리기 힘들었거든요. 심지어 TV에 광고하는 대부업체도 돈을 빌려주기 꺼리더군요.

  돈을 빌릴 방법이 없어 답답하던 중 바닥에 떨어진 명함 한 장을 발견하게 됩니다. 개인 일수라고 적혀 있고 그 밑에 번호가 나와 있었는데 간절한 마음으로 전화를 걸었죠. 그러니까 무조건 대출이 된다고 하더라고요. 다음 날 약속을 잡고 대출 사무실이 아닌 일반 카페에서 만나기로 약속을 잡았어요. 그 이유가 사무실은 현재 공사 중이라고 하더군요. 간단한 서류만 작성하면 된다고 하길래 카페에서 만나기로 한 거죠. 저는 대출 직원과 이야기를 나누었고 8,000만 원이라는 돈을 빌리게 됩니다. 몇 가지를 묻더니 세 달 안에 이자 포함 8,500만 원을 갚으면 된다고 했어요. 이자가 너무 높아 불안했지만 사업만 잘되면 세 달이 아니라 두 달 안에도 갚을 수 있는 금액이라 큰 걱정은 하지 않았죠.

  그런데 돈을 빌리면서 한 가지 이해가 가지 않는 게 있었습니다. 그건 신체 포기 각서라는 서류였는데 이게 뭐냐 물었더니 그냥 형식상 하는 거라며 말을 흐리더군요. 그리고 집에 와서 '신체 포기 각서'라고 검색하니 이 것은 효능이 없는 서류라고 나와 있었죠. 그렇게 기분 좋은 꿈을 꾸고 나서 다음 날 친구를 만나 사업 자금을 건넸고 며칠 후 사건이 일어나게 됩니다. 확장 중이었던 술집 건물 공사가 중단된 거죠. 나중에 알고 보니 대금 결제가 안 되어 공사를 못한다고 하더군요. 친구는 제 사업 자금은 물론 주변의 다른 지인들까지 속여서 돈을 들고 잠수를 타버렸죠.

그 소식을 듣고 눈앞이 캄캄하고 아무 생각이 들지 않았습니다. 그리고 더욱 끔찍한 일은 3개월이 지난 시 점에 일어나게 됐죠. 저는 대출 직원에게 상황 설명을 하며 돈을 분할해서 갚을 수 없냐고 물었더니 절대 안 된다며 전화를 끊어버리더군요. 급한 대로 막노동을 하 면서 갚으려는 노력을 했으나 너무 큰 금액이라 결국 약 속을 지키지 못했죠.

그날 밤 퇴근하고 집에서 쉬고 있는데 누군가 문을

두드리며 나오라고 하더라고요. 문밖에는 대출할 때 봤던 직원이었고 대출 상환 일이 지났다고 자길 따라서 같이 좀 가자고 했죠. 저는 겁이 나서 이 시간에 어디를 가냐고 물었더니 잠깐이면 된다고 하는 겁니다. 얼떨결에 옷을 입고 그 남자와 집을 나섰고 문밖에는 검은색 봉고차 한 대가 서 있더군요. 남자는 문을 열어주더니 차에 타라는 손짓을 했고 저는 봉고차에 올라타자마자 뭔가 잘못되었다는 사실을 알게 됐죠.

봉고차 안에는 낯선 남성들이 타고 있었는데 제가 타자마자 검은색 천으로 제 눈을 가리고 조용히 하라고 말을 하더군요. 앞은 보이지 않고 너무 무서워서 조용히 앉아 있었습니다. 대략 30분 정도 차로 달리고 나서 멈췄고 차에서 내려 어디론가 끌려가게 됐죠. 그리고 눈을 감싸던 검은색 천을 벗었는데 정말 충격이었습니다.

눈을 뜨자마자 본 건 원룸 정도 되는 규모의 지하실이었어요. 손이 닿지 않는 높이에 조그만 창문이 있었죠. 바닥에는 각종 끈이 널브러져 있었는데 그것보다 더

놀랐던 건 이런 지하 방들이 수십 개는 있더군요. 마치 지하에 있는 감옥이라고 표현하면 될 것 같습니다. 순간 위험을 감지하고 살려달라고 소리치면서 애원하고 있으니까 멀리서 누가 걸어오는 겁니다. 덩치는 굉장히 크고 머리는 반삭을 한 깡패 느낌이 드는 남자였어요. 저를 한참 쳐다보더니 말을 하더군요.

"아저씨. 지금부터 딱 3일 줄 테니깐 돈 입금해. 만약 입금 못 하면 쥐도 새도 모르게 처리할 수 있으니까 조심하고."

그러면서 종이를 한 장 줬는데 계좌번호가 적혀 있었고 아래에는 1억이라는 금액이 있었습니다. 원금이 8천만 원인데 나머지 2천은 이자라고 하면서 휴대폰을 하나 주더라고요. 이 전화기로 지인에게 연락해 돈을 빌려서 갚으라는 말이었는데 그게 마음처럼 쉽지 않았죠. 저는 경찰에 신고하려는 생각도 했지만 바로 옆에서 남자 하나가 감시하면서 통화 내용을 엿듣고 있으니 신고도 불가능했습니다. 1억이라는 돈을 선뜻 빌려줄 지인도 없는 데다가 제 휴대폰도 아니라 연락처도 기억이 나지 않는 상황에 정말 미치겠더라고요.

그때 문득 생각나는 번호 하나가 있었는데 아버지 병 간호할 때 개인적으로 연락을 주고받던 담당 의사 선생님이었습니다. 지푸라기라도 잡는 심정으로 선생님에게 전화했고 뭔가 위험한 상황을 감지하신 건지 선생님은 돈을 입금해주셨죠. 입금을 확인한 그 남자들은 제 눈을 가리더니 봉고차로 집까지 데려다주더군요. 그 일당들이 제 집을 알고 있는 상황이고 당장 신고했다가 저는 물론 의사 선생님에게까지 보복할까 싶어 신고도 하지 못했죠.

다음 날 선생님을 찾아가 겪은 일을 말씀드렸고 정말 감사하다고 큰절을 올렸습니다. 그 사건이 있고 나서 정말 열심히 일했어요. 선생님께 빌린 돈에 이자까지 쳐서 갚았죠. 그 인연으로 간혹가다 병원에 들러 안부 인사를 하며 잘 지내고 있습니다. 만약 그때 선생님이 돈을 빌려주지 않았다면 전 어떻게 됐을지 너무 무섭고 섬뜩합니다. 쉽게 돈을 벌려고 하다 밑바닥까지 내려갔던 제 인생인데 현재는 택시회사에 들어가 결혼도 하고 잘 지내고 있습니다. 저에게 사기를 쳤던 친구는 어디에 있는지 알 길이 없고요. 제가 이용했던 곳은 인천에 있는 대부업체였는데 아무리 급해도 안전한 곳에서 빌리시는 게 좋겠습니다.

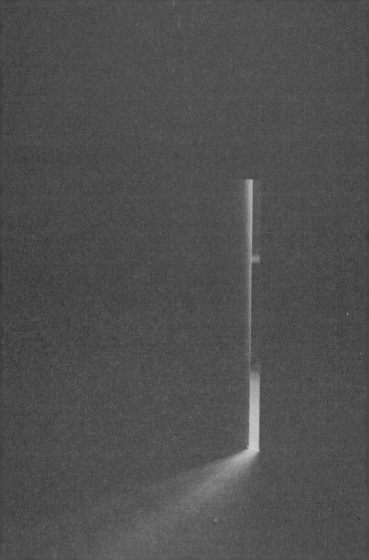

리얼 연애
프로그램의 PD

불과 1년밖에 지나지 않은 일입니다. 현재는 장사를 접고 쉬고 있지만 사건이 있었을 당시 부산대 근처에서 고깃집을 운영하고 있었습니다. 규모도 있고 매출도 잘 나오던 가게였죠. 주변에서는 저를 부러워하기도 했었습니다. 그런데 전혀 행복하지가 않았어요. 신은 공평한지 제게 한 가지 복을 주지 않으셨는데 그건 남자복이었죠. 그나마 20대 때는 연애를 조금 했었지만 한 달이 못가 헤어지는 건 기본이고 상대가 연락도 없이 잠수를 타버리는 경우도 있었습니다. 그 때문인지 자존감도 점점 떨어졌고 30대부터는 죽어라 일만 하다 보니 돈은 모았지만 주변에 사람은 없는 상황까지 오게 된 거죠.

그렇게 우울감에 빠져 지내고 있을 때 사건이 시작됩니다. 그날은 비가 내리는 날이었는데 가게 특성상 비가 오면 평소보다 손님이 늘어요. 브레이크 타임 때 알바생들과 바쁘게 저녁 장사 준비를 하고 있었습니다. 저녁 오픈을 시작하고 한창 손님을 받고 있는데 40대 정도로 보이는 남자가 들어왔죠.

"저, 식사 됩니까?"

저희 가게는 단체 손님이나 가족 모임 단위로 많이 찾아오시기 때문에 그 남자에게 일행이 몇 분이냐고 물어봤습니다. 그러니까 혼자서 왔다고 대답하더라고요. 기본 테이블이 4인 기준이라 1인 손님은 꺼리는데 비도 오고 가게까지 찾아온 손님을 그냥 보낼 수가 없었습니다. 그 손님은 고기 2인분과 소주 1병을 시키고 대략 3

시간 정도 있다 계산을 하고 나갔어요.

그런데 그게 끝이 아니었죠. 비 오는 날이면 찾아와 혼자 술을 마시는 겁니다. 여기는 혼술하는 가게도 아니고 단체 식당인데, 가끔은 괜찮지만 비 오는 날마다 찾아오니 너무 곤란했죠. 그래서 다음에 오시면 정중하게 말씀드려야겠다고 생각하고는 비 오는 날만 기다렸어요. 며칠 후 그 손님이 찾아왔고 솔직하게 말씀드리며 죄송하다고 말했습니다. 남자는 알겠다고 웃으면서 넘어갔고 가게를 나가기 전 제게 명함을 한 장 주더군요.

"제가 소개를 못 했는데 사실 이런 일을 합니다."

남자가 건넨 명함에는 방송국 PD라고 적혀 있었어요. 저는 깜짝 놀라는 시늉을 하면서 PD님이 여기까지 어떻게 오셨냐고 호들갑을 좀 떨었죠. 그러니까 저보고 결혼은 했는지, 연애는 해봤는지, 이런 걸 묻더라고요.

"그런 건 왜 물으세요?"

"혹시 '나는 ×로'라는 연애 프로그램 아세요? 제 동료가 거기 메인 PD인데 관심 있으시면 출연시켜드릴

게요."

　가끔 시간 있을 때 보던 프로그램이었는데 남녀가 나와 짝을 찾는 프로였죠. 저는 자존감도 낮은 상태였고 그 자리에서 대답하기도 뭐 해서 나중에 연락드리겠다고 말했습니다.

　그날 퇴근 후 부모님께 이런 일이 있었다고 말씀드렸더니 당장 나가보라고 하더군요. 좋은 짝 만나서 사는 거 보고 싶다고요. 아주 적극적으로 말씀하시는 겁니다. 며칠 고민하다 흔치 않은 기회라 생각하고 출연을 마음먹었죠. 그리고 명함에 있는 번호로 연락하려고 하는데 문득 이상한 생각이 들었어요. 그런 좋은 기회를 군이 나에게 왜? 혹시 사기꾼인가? 여러 가지 생각이 들었는데 PD님이 돈 이야기를 한 것도 아니고 생각 있으면 연락만 달라고 했기에 되면 좋은 거고 안 되면 말자는 식으로 연락을 했죠.

　약속을 잡고 조용한 카페에서 만나게 됐고 기본적인 질문을 하다가 서류 한 장을 건네주더군요. 천천히

읽어보니 출연 계약서라고 하던데 출연 조건으로 100만 원을 준다고 했고 다른 특별한 조건은 보이지 않았죠. 다만 한 가지 부탁은 방송 보안을 위해 다른 사람들에게 절대 말해서는 안 되고 출연 확정까지 몇 차례 미팅 자리가 더 있으니 부르면 무조건 나와야 된다고 하더라고요. 만약 어길 시 출연은 무산되고 위약금이 있다고 했습니다. 그래서 제가 식당 일을 하고 있는데 일 때문에 미팅 자리에 못 가면 어떻게 하냐고 물었더니 일 끝나는 시간에 미팅을 잡을 거라며 그 부분은 걱정 말라고 했죠.

대충 그런 이야기를 끝내고 저는 집으로 들어왔고 설레는 마음으로 그날 밤을 보냈습니다. 며칠이 지나 PD님에게 연락이 왔는데 밤 10시에 미팅 자리가 있으니 ××동에 있는 사무실로 오라고 했죠. 저는 얼른 마감하고 나서 택시를 잡아 사무실로 향했습니다. 목적지는 주택으로 보이는 2층 건물이었는데 안으로 들어가니 처음 보는 남자와 PD님이 있었죠. 원래 밖에서 한잔하면서 이야기하려고 했으나 그 당시 코로나 여파로 나갈 수 없으니 여기서 미팅을 하자고 했습니다. PD님은 같이 서 있던 남자를 소개해주셨는데 현재 배우로 활동하고 있다고 하더라고요. 얼굴은 생소했지만 키도 크고 외모도 준수한 편이라 잘 알려지지 않은 배우겠거니 생각했죠.

그렇게 인사를 끝내고 간단히 술을 마시며 이야기를 나누는데 배우라는 남자가 의도적인지 뭔지 모르겠지만 저에게 관심을 보이더군요. 저는 미팅 같은 자리는 살면서 처음 겪는 거라 원래 이렇게 하는 건 줄 알았죠. 거기다 옆에 있는 PD님까지 저를 보고 잘 어울린다며 프로그램에 출연하지 말고 둘이 잘해보라고 하는 겁니다. 그런 자리를 세 번 정도 가지게 됐고 정식으로 사귀는 사이가 됐죠. 저보다 7살 어린 연하였지만 자상하고 어른스러운 모습에 끌리게 되었습니다. 저는 늦은 나이라서 결혼까지 생각하고 있었는데 남자친구도 가벼운 연애 목적은 아니라고 해서 만난 지 한 달 만에 양가 부모님께 인

사까지 드리게 되었어요. 저희 부모님은 정말 좋아하셨고 그때까지는 행복한 일만 생길 거라 생각했죠.

그런데 얼마 가지 못해 그 생각이 틀렸다는 것을 알게 됩니다. 남자친구 직업상 일이 불규칙하고 가끔 배역을 맡더라도 비중이 거의 없는 엑스트라 정도였어요. 그래도 언젠가는 잘될 거라 믿었기에 응원을 해줬습니다. 그날 가게 일을 끝내고 남자친구를 만났는데 갑자기 돈을 빌려달라고 이야기를 꺼내더군요. 작은 액수가 아니라서 어디 쓸 거냐고 물었더니 배역을 따기 위해서 돈이 필요하다고 말을 하더라고요.

"액수가 좀 크네. 조금만 생각을……."

"자기 좀 실망이네. 어차피 결혼할 사인데 그 돈이 아깝나?"

"그런 건 아니지만……."

"내가 잘되면 서로 좋은 거잖아."

지금 생각해도 그 당시는 콩깍지가 제대로 씌인 것 같습니다. 그 후로부터 이런저런 핑계를 대며 돈을 빌려달라고 했고 액수는 점점 커지기 시작했죠. 결혼 날짜를 잡고 엄마와 둘이서 혼수 용품을 보고 있는데 남자친구에게 전화가 왔습니다. 신혼집을 보던 중 좋은 매물 나와서 계약하려고 하는데 5,000만 원 정도가 부족하다고 지금 바로 줄 수 있냐고 묻더군요. 그래서 같이 보고 결정하자고 말했더니 전화가 끊어졌고 그게 남자친구와의 마지막 통화가 되었죠.

죽었는지 살았는지 갑자기 연락이 끊어졌어요. 정말 믿을 수가 없었죠. 그리고 6개월이 지나 남자친구를 만나게 되었는데 장소는 경찰서였습니다. PD라는 사람과 남자친구는 그 일대에서 유명한 제비 사기단이었죠. 범행 수법은 장사가 잘되고 여자 혼자 운영하는 가게를 찾아낸 뒤 며칠 동안 관찰한다고 합니다. 그렇게 가게 사장과 친분을 쌓고 결혼 여부나 남자친구를 확인하기 위해서 유명 프로그램 PD를 사칭하고 다닌다고 했죠. 그 말에 속아 연락을 하게 되면 호감형 남자를 소개시켜 주며 작업을 거는데 10명 중 8명은 넘어간다고 하더라고요.

　피해를 입은 여성분 중 한 분은 너무 충격을 받아 극단적인 선택까지 하셨다고 합니다. 배우라는 직업도 거짓이고 실제로는 호스트바 선수라고 하더군요. 고인이 되신 여성분의 유서가 발견되며 경찰 조사가 들어갔고 일당은 덜미가 잡힌 거였죠. 정말 이해할 수 없는 건 피해자가 수십 명이나 있었지만 그 누구도 경찰에 신고하지 않았다고 합니다. 본인이 사기를 당했다는 사실을 믿고 싶지 않아서 그랬던 건지도 모르겠네요. 누군가는 "딱 봐도 사기구만"이라며 이해하지 못할 수도 있지만 직접 당해본 당사자로서 속을 수밖에 없었어요. 정말 치밀하게 행동했었죠. 너무 힘들었지만 현재는 잊으려고 노력 중입니다. 이유 없이 다가오는 이성, 앞으로는 의심 먼저 해보게 될 것 같아요.

아직도 출근하는
사장님

군대를 막 전역하고 대학 복학 전까지 호프집에서 일하던 무렵의 이야기입니다. 제가 일하던 곳은 전남 순천에 위치하는 대단지 아파트 상가 1층에 자리한 호프집으로 집에서 약 10분 정도 거리에 위치해 있었죠. 그다지 큰 술집은 아니었지만 그렇다고 해서 작은 것도 아니었습니다. 테이블이 12개는 되었으니까요.

적지 않은 규모에 동네 장사를 하는 집이다 보니 때

때로 나이가 많아 보이는 미성년자가 위조 신분증을 들고 술을 먹으러 오는 경우도 있었습니다. 그날도 아주 앳돼 보이는, 절대 성인은 아닌 거 같아 보이는 무리가 술을 먹겠다고 들어왔습니다.

"저 신분증 검사 좀 하겠습니다."

저는 신분증을 받아들고 유심히 들여다보았죠. 그런데 주민등록번호 앞자리의 88을 교묘히 커터 칼로 긁어내 86으로 만든 것을 알아차렸고 가게에서 나가 달라고 이야기했습니다. 그 무리는 욕을 섞어가며 짜증 난다는 듯이 가게 문밖으로 사라지더군요.

그 후 한 시간 정도 지났을까 가게 밖에서 경찰차의 사이렌 소리가 들렸어요. 경찰이 누굴 잡아가는 것은 처음 보는 광경이라 사장님과 저는 가게 밖에 나와 무슨 일인지 보고 있었는데 아까 그 무리가 경찰차에 줄줄이 타고 있는 것이었죠. 우리 가게 바로 옆에 있던 다른 호프집 알바가 나와 발을 동동 구르길래 잠깐 이야기하자며 끌고 와 물어보니 그 내용은 이랬습니다.

이 간도 큰 녀석들은 위조 신분증으로 옆 가게에 가서 검사를 통과했답니다. 술을 마실 수 있게 되자 넷이서 소주를 연달아 6병을 마시고는 술에 취해 고래고래 소리를 질렀대요.

"이 집은 민증 검사가 허술하네!"

"야, 다음에도 여기 와서 술 먹어야겠다! 킥킥."

"나 중3 짜리 여자애 아는데, 여기로 불러서 같이 마실까?"

이런 헛소리었죠. 옆 가게는 그제야 자신들이 술을 판 대상이 미성년자라는 걸 알았지만 이미 팔아버린 술을 도로 담을 수도 없고 경찰을 부르면 업주만 손해를 입기에 모른 척 적당히 마시다 가주었으면 했답니다. 그런데 다른 손님들이 그 녀석들의 이야기를 듣고선 경찰에 신고한 것이었죠. 그 이야기를 해준 옆집 알바는 요즘 사정이 어렵다던 가게 사장을 걱정하면서 한숨을 쉬었어요. 저는 우리 가게 사장에게 그 이야기를 전했고 그런 진상 민짜를 무사히 가려낸 공로를 인정받아 5만

원이란 거금을 용돈으로 받았습니다.

이 때까지만 해도 옆 가게에 별일이야 있겠나 싶었죠. 그러나 공무원들은 의외로 신속하고 자비심이 없었습니다. 그다음 날 오후 3시 한창 주방에서 오픈 준비를 하는데 옆 가게가 또 시끌시끌하더군요. 나중에 사장님이 전해주길 공무원들이 나와 영업정지 3달을 부과하고 가더란 것이었죠. 사장님은 "옆 가게 형님이 요즘 아버님도 돌아가신지 얼마 안 된 데다 어머니도 뇌졸중으로 쓰러지셔서 병원에 입원해 있으시다던데……" 하며 말씀을 흐리셨습니다. 그로부터 한 달 정도 지났을까 여전히 옆 호프집은 굳게 닫혀 있었고 검게 선팅 된 유리문 위로 너무나도 잘 보이게 붙어 있던 하얀 영업 정지 공문만 슬슬 노랗게 바라고 있었죠.

날이 더워져 손님들도 많아지고 에어컨 없는 주방에 앉아 펄펄 끓는 기름 옆에서 양파 까는 것도 힘들어질 때였습니다. "저기요! 저기요!" 하는 소리에 주방에서 나와 카운터 쪽으로 나가보니 사장님은 어디 가셨는지 안 보이고 검은 반팔 티에 베이지색 모자를 눌러 쓴 아주머니 한 분이 서 계셨습니다.

"여기 사장님 어디 계세요? 혹시 옆에 호프집 사장님 최근에 본 적 있어요?"

아주머니는 울먹거리면서 거의 사정하듯이 말하더군요. 몇 주 전에 뵌 것이 마지막이라는 대답을 해드렸어요.

"아주머니, 우선 앉아서 물이라도 한잔하세요. 저희 사장님 이제 곧 오실 거예요."

싱크대로 돌아가 아주머니를 계속 힐끗거리고 있는데 곧 사장님이 들어 와 아주머니를 보며 이야기했습니다.

"어? 형수님 웬일이십니까?"

"아니 우리 남편이 일주일 전에 나가서 핸드폰도 꺼져 있고 연락도 안 되고……. 내가 하다못해 아버님 무덤에도 가보고 그랬는데 아무 데도 없어요."

울먹이던 아주머니는 그 말이 끝나자마자 대성통곡

을 하기 시작했죠. 엉엉 우는 아주머니를 계속 쳐다보기가 민망해져서 슬그머니 주방에 들어가 일하는 척이나 하고 있었죠. 사장님 말소리가 들렸습니다.

"형님 혹시 지금 가게에 계신 것 아닙니까? 가게엔 들러보셨어요, 형수님?"

"아니요. 가게 열지도 못하는데 거기 가서 뭐 하겠어요."

"그래도 혹시 모르니 오신 김에 한번 들러보시죠."

대화가 오고 가더니 두 사람 모두 가게를 나가는 듯했습니다. 쩌죽을 것 같은 주방에서 나와 카운터에서 빈둥대려던 차에 아주머니의 비명 소리가 들렸습니다. 그리고 사장님이 황급하게 가게로 뛰쳐 들어오시더군요. 가게 문이 열리자 그때까지 경험해 보지 못한 역겨운 냄새가 나더군요. 하수구 냄새와 시장 뒷골목 생선들이 썩어가는 냄새? 아니 그보다 더 심한 냄새였던 걸로 기억해요. 뭐가 잘못돼도 한참 잘못 됐구나 느끼면서 물었죠.

"뭐예요? 무슨 일이에요?"

사장님은 쳐다보지도 않고 큰 맥주잔에 수돗물을 잔뜩 따라 나가면서 "경찰이랑 119 불러. 빨리!" 하고 다시 황급히 나갔습니다. 저는 곧바로 119에 신고를 하고 나서 옆 가게로 가보았죠. 가게 밖을 지나던 사람들이 "뭐야? 사람이 죽은 거야?" 하는 소리에 가게 안을 유심히 보았습니다. 그때 그 기억은 평생 남을 것 같습니다. 사람이 죽은 것을 태어나서 처음 봤기 때문이기도 할 것이며 그 모습이 너무 끔찍했기 때문이기도 합니다. 그리고 특히 그 악취는 지금도 가끔 생각이 납니다. 눈으로 본 건 시간이 지나면 흐려지겠지만 냄새는 절대 잊지 못할 것 같거든요.

경찰차와 구급차가 도착했고, 구급차가 아주머니를 먼저 실어 갔어요. 사장님은 경찰과 함께 가고 그날 저녁 장사는 거의 못하는 상태로 문을 닫았죠. 다음 날 주방 이모와 둘이서 가게를 열어두고 있었는데 밤 11시쯤 사장님이 가게로 돌아오셨죠. 도대체 무슨 일이냐고 사장님에게 묻고 싶었지만 어두운 표정으로 돌아온 사장님에게 묻기가 좀 그랬습니다. 사장님은 가게 가장 구석진 자리에서 조용히 앉아계시다가 30분쯤 지나자 이야기하시더군요.

"오늘은 가게 일찍 닫고 같이 술이나 한잔하자."

손님들을 거의 반강제로 내보내고 뭔가를 느낀 주방 이모가 안주를 내오시며 세 사람이 둘러앉았습니다. 사장님은 제가 따라준 술잔을 연속으로 들이키더니 옆 가게 이야기를 해주기 시작했습니다.

"옆집 형님이 최근 아버지 상도 당하고 어머님도 위중하시고 그래서 요즘 심적으로도 물질적으로도 힘들었나 보더라. 가게를 열 때 퇴직금에 대출까지 받았는데 장사가 잘 안 되다 보니 사채도 쓴 모양이고. 형수님이 집에 걸어둔 형님 옷 주머니에서 이혼 서류를 발견하고 그때부터 형님 찾아다니기 시작하셨대."

그리고 유서가 한 장 발견되었는데 보험금으로 빚을 갚으라는 이야기가 있었다고 말씀하시더라고요. 그렇게 혼자서 한참을 이야기하며 소주 2병을 마신 사장님은 취한 상태로 택시를 타고 댁으로 들어가셨습니다.

그런데 아마 그때부터였을 거라고 생각하고 있습니다. 이해가 가지 않는 일이 나타나기 시작했죠. 손님이 '저기요!' 하고 부르면 아무도 대답하지 않았는데 누군가가 '네! 잠시만요!' 하고 대답하는 일이 발생하게 된 것입니다. 이상한 일은 또 있습니다. 누가 봐도 미성년자인 애들이 호프집 문을 열려고 시도하면 멀쩡히 열린 문이 잠기기라도 한 것처럼 몇 번 덜컹덜컹하는 소리를 내게 된 것이에요. 그리고 마지막은 제 두 눈으로 본 것인데, 깊은 새벽 테이블 정리를 마치고 가게를 나가려 할 때 테이블에 엎드려 있는 옆집 사장님의 모습이 보이게 된 것입니다.

이런 일이 있을 때마다 깜짝 놀랐고 무서웠습니다. 하지만 사건의 내막을 알고 있기에 속으로 생각했죠.

'사장님, 사장님 가게는 여기가 아니에요. 이젠 쉬셔야죠.'

저는 그 후 일을 그만두었습니다. 시간이 오래 흐른 뒤 제가 일하던 호프집 사장님에게 인사라도 하려고 오랜만에 들렀지만 옆집과 함께 이미 빈 상가가 되어 있었습니다.

여탕에서 목격한 것

1년 전 있었던 일입니다. 그날은 설날 연휴라서 큰집에서 시간을 보내고 있었죠. 큰집은 서울 강남에 위치하고 있었고 한참 코로나 바이러스가 유행이어서 다른 친척들은 오질 않았어요. 사촌 언니만 있었던 상황이었습니다. 수다를 떨고 시간을 보내던 중 사촌 언니가 말하더군요.

"몸도 뻐근한데 목욕탕이나 다녀올래?"

"음, 그래. 가자!"

언니는 목욕탕 갈 준비를 했고 저도 제가 쓰는 화장품과 각질 제거용 스크럽제 그리고 얼굴 팩까지 이것저것 가방에 넣고서는 언니와 집을 나왔죠. 대중목욕탕은 집에서 10분 거리에 있었습니다. 그 당시 칼바람이 불어서 많이 추웠던 것으로 기억하고 있어요. 그렇게 목욕탕에 들어가 탈의실에서 옷을 벗고 가져온 가방을 들고서는 탕 안으로 들어갔습니다. 간단한 기본 샤워를 하고 나서 목욕을 어느 정도 마무리하고 언니와 이런저런 이야기를 했고, 언니는 마지막으로 뜨거운 탕에 들어갔다 나가자고 하더군요.

탕 안에는 40대로 보이는 아주머니와 20대로 보이는 여자분이 계셨어요. 대수롭지 않게 언니와 저는 탕 안에 들어갔죠. 한 5분쯤 지났을 때였어요. 갑자기 언니가 손가락으로 제 옆구리를 찌르는 겁니다. 그래서 언니를 쳐다봤더니 제 귀에 대고 귓속말을 하더라고요.

"수진아, 저거 좀 봐."

솔직히 같은 탕 안에 있는데 대놓고 보기가 좀 그 래서 고개를 돌리는 척을 하며 언니가 말했던 쪽을 보았 죠. 20대로 보이는 어떤 여자분이 목욕탕 바가지로 아 랫부분을 가리고 계시는 거였어요. 가리고 계시는 것 도 이상하긴 했지만 대부분 탕 안까지 목욕탕 바가지를 들고 오진 않잖아요. 그때부터 뭔가 이상한 느낌을 받 았죠. 그래서 그 여자분을 힐끔거리며 쳐다보았는데 워 낙 말라서 볼륨이 없을 뿐 평범한 여자분이었어요. 그냥 좀 특이한 사람인가 보다 하고서는 언니와 탕을 나왔습 니다.

탕에서 나와 언니와 팩을 하기 위해서 탈의실로 들 어갔죠. 그 목욕탕은 따로 가운이 준비되어 있어서 언니 와 가운을 입고 탈의실을 나오는데 밖에서 여자의 비명 소리가 들리는 겁니다. 무슨 일이 있나 싶어서 얼른 나 가보니 여자 여러 명이서 아까 저희와 같이 탕에 있던 20대 여자에게 소리를 지르고 있더라고요.

"무슨 일이세요?"

궁금해서 얼른 물었더니 "저 사람 여자가 아니야!"라는 겁니다. 언니와 저는 잘못 보신 거 아니냐면서 재차 되물었어요. 그러자 아까 탕에 같이 있던 아주머니가 설명해 주시더라고요. 저희가 탕을 빠져나간 후 10분쯤 지나 그 여자분이 탕에서 일어났는데 역시나 중요 부분을 바가지로 가리고 있었나 봐요. 그런데 바가지 옆 틈으로 무언가 보였다고 했습니다. 탕에 있던 여성분들이 눈치를 챘고 소리를 지르며 나가라고 한 것이었죠. 탕안에서 머리만 내놓고 주변을 두리번거렸다던데 주요 부위를 바가지로 가리고 있어서 전혀 몰랐다고 하더라고요.

목욕탕에 있던 다른 여성분이 진작 경찰에 신고했는데 경찰 측은 사건 접수가 안 되는 내용이라며 목욕탕 업주에게 주의만 줬다고 하더라고요. 왜 사건 접수가 안 되냐며 따지니까 치마를 입고 가발을 쓰고 있어서 남자인지 여자인지 확인이 안 된다는 게 이유였습니다. 그 소리를 듣고 너무 어이없었죠. 결국 여자로 보이는 그 남자는 도망가듯이 목욕탕을 빠져나갔고 언니와 저는 불쾌한 느낌이 든 채로 집으로 향했습니다. 그때까지만 해도 뭔가 오해가 있을 것이라고만 생각했었죠. 남자가 아무리 여장을 완벽히 한다고 해도 뼈대의 크기나 몸매, 아니면 손가락 같은 것들을 유심히 보면 티가 날 수밖에 없다고 생각했거든요. 그런데 제 눈에는 그 사람이 완벽한 여자로 보였으니 뭔가 오해가 있었다고 생각한 거죠.

며칠 뒤 저는 퇴근 후에 친구와 전화로 수다를 떨고 있었습니다.

"수진아 나와서 밥 먹어."

"알았어, 엄마."

전화를 끊고 방을 나가려는데 바로 사촌 언니에게 전화가 오더라고요. '언니가 무슨 일이지?' 하면서 전화를 받았는데 언니가 호들갑을 떨더라고요.

"야야! 빨리 뉴스 봐봐! 대박 사건!"

밥을 먹으면서 휴대폰으로 기사를 찾아봤더니, 글쎄 언니와 며칠 전 목욕탕에서 있었던 그 사건이 나오는 겁니다. 그 사람은 여자가 아닌 남자로 밝혀졌다고 했습니다. 스스로 자백을 했다던데 자신의 범행을 인정하면서도 본인은 평생을 여자라고 생각하며 살았다고 하더군요. 처음 신고할 때 흐지부지 넘어가려고 했던 경찰은 사건이 이슈가 되자 CCTV 조사 후 체포했다고 하더라고요. 모르는 남자와 나체 상태로 같은 탕 안에서 몸을 담그고 있던 걸 생각하니 소름이 돋았어요. 결국 그 남자는 단순주거침입죄가 적용되었고 기소유예 처분을 받았다고 했습니다. 어릴 때부터 성 정체성에 혼란을 겪었다고 호르몬 검사서를 제출했다고 하던데, 성폭력으로는 처벌이 힘들다고 하더라고요.

더 소름이 돋는 건 목욕탕 주인 이야기였어요. 그 남자가 처음 방문한 게 아니고 여러 번 왔을 거라고 이야기했다더군요. '우리 목욕탕에 처음 온 사람은 목욕탕 가운이 있는지도 모른다. 그런데 그 남자는 가운을 알고 있었다'면서요. 아마도 상습적으로 여탕을 드나들었던 건 아닐까요? 다른 목욕탕들도 말이에요. 작년에 있었던

일이니까 거진 1년이 되었네요. 아직도 그 남자는 여탕
을 돌아다닐지 모릅니다.

무경력자를 우대합니다

저는 전역 후 학교 복학을 계획하고 있었어요. 그 당시 집안 사정도 안 좋았고 저와 맞지 않는 정보계열 학과를 다니던 중이라 좋은 직업을 가질 만한 학과로 편입 준비를 생각하고 있었죠. 편입은 수능과 달리 독학이 힘들어서 학원을 다닐까 생각도 했지만 부모님께 손 벌리는 게 죄송스러웠습니다. 그래서 생각한 방법이 학원비보다는 조금 저렴한 인터넷 강의를 듣는 것이었어요. 강의 비용은 간단한 알바를 뛰어서 제가 벌 생각이었고요.

그렇게 알바 사이트를 뒤지다 좋은 조건의 구인 광고를 보게 됩니다. 제가 본 건 주유소 야간 업무였는데 그것도 일반 주유소가 아니라 손님들이 직접 기름을 넣는 셀프 주유소 였죠. 손님이 호출하지 않으면 그 시간에 공부도 할 수 있을 거라는 생각이 들었습니다. 서둘러 연락하고 다음 날 주유소 면접을 보러 갔는데 조금 특이하다는 생각이 들었어요. 제가 알아본 결과 주유소 같은 곳은 경력자를 선호하는 곳이 대부분이라고 하던데, 여기는 무조건 초보만 채용한다고 하더라고요. 그것도 사회초년생만 뽑는다고 여러 번 강조하면서 말하길래 '처음부터 가르쳐서 오랫동안 일할 사람을 찾나 보다'라고 단순하게 생각했었죠.

사회초년생에다 주유소 경력이 없다고 했더니 언제부터 일할 수 있냐고 묻더라고요. 시간도 나쁘지 않고 급여도 좋은 조건이었지만 바로 대답을 할 수가 없었습니다. 그게, 사장님 겉모습 때문이었는데 몸에 딱 붙는 반소매 티셔츠를 입고 양팔에는 문신이 가득하더라고 요. 그래도 면접까지 왔으니 한번 해보자 싶어서 "사장님 열심히 해보겠습니다"라고 크게 말했죠. 사장님은 저를 보고 남자다워서 마음에 든다며 오늘 저녁 10시까지 출근하기로 하고 면접을 끝냈습니다.

근무 시간은 밤 10시부터 오전 6시까지인데 밤에 일을 해야 되니 낮에 눈을 좀 붙이고 7시쯤 일어났죠. 간단하게 저녁을 먹고 나서 씻은 뒤 주유소로 갔어요.

"첫 출근이라 조금 일찍 출근했습니다."

그러자 사장님은 "아직 시간도 안 됐는데 일찍 왔네. 일하는 거 알려줄 테니 따라와"라고 했어요. 사장님은 주유기 근처로 가서 조작법을 한두 번 알려주더라고요. 노란색은 휘발유, 녹색은 경유인데 카드를 넣고 이렇게 하면 된다며 사용 방법을 알려주셨고 어차피 셀프 시스템이라 손님들이 알아서 하겠지만 간혹가다 기계 조작이 어려운 분들만 도와주면 된다고 하셨죠. 너무 간단해서 이게 끝이냐고 물었더니 이것보다 더 중요한 게 있다고 반드시 기억하라는 겁니다.

"가끔씩 경찰들이 순찰한다고 나오거든? 만약 경찰이 찾아오면 저기 보이는 책상 아래 버튼을 누르면 돼."

그 말을 듣고 나서 주유소에 경찰이 왜 찾아오는지 의문이 들었지만 사장님 표정을 보니 더이상 물어볼 수 없었어요. 저는 주유소 일을 시작하게 됐고 일은 생각보다 단순하고 쉬워서 금방 적응했습니다. 주유소 안에는 사무실이 있었고 손님이 없을 때는 사무실에 앉아 책을 보곤 했죠. 사무실에는 문 하나가 더 있었는데 거기는 사장님이 쓰는 공간이었습니다.

그렇게 일한 지 3일쯤, 제 기억으로는 금요일 저녁이었는데 처음 보는 남자 3명과 여자 2명이 사무실로 들어오더군요. 어떻게 오셨냐고 물었더니 사장님 지인이라고 하셨죠. 때마침 사장님도 사무실 문을 열고 나오셨고 어떤 관계인지는 모르지만 깍듯이 인사를 하더라고요.

　"아이고, 먼 길 오느라 고생하셨습니다. 이쪽으로 들어오세요."

　그분들은 사장님과 함께 사무실로 들어갔고 사장님은 저를 보면서 커피 좀 타오라고 말했죠. 저는 커피 여섯 잔을 타서 가져다드렸는데 커피값이라며 10만 원을 받았습니다. 그 손님들은 제가 퇴근할 때까지 안에서 뭘 하는지 밖으로 나오지 않았고 그날 알바는 그렇게 끝이 났죠.

　정확히 일주일 뒤, 그 손님들이 다시 찾아옵니다. 앞전에 왔던 손님도 보이고 처음 보는 손님도 섞여 있었는데 그날도 커피값을 받았고 제가 퇴근 전까지 사무실에서 나오지 않았죠. 솔직히 안에서 뭘 하든 크게 관심이 없었어요. 올 때마다 10만 원씩 주니까 자주 왔으면 좋겠다고 생각했거든요. 그렇게 한 달을 지켜본 결과 매주 금요일 11시쯤 손님이 찾아오는 걸 알게 됩니다. 저는 사무실 밖에 앉아 책을 봤고 가끔가다 차가 들어와도 대부분의 고객이 셀프로 주유하기 때문에 시간이 널널했죠.

이렇게 일한 지 두 달이 지난 금요일 밤, 정말 무서운 사건이 일어나게 됩니다. 그날은 자정이 다 돼서 손님들이 찾아왔고 새벽 2시쯤 경찰차 한 대가 주유소로 들어오더군요. 경찰차가 보이면 무조건 버튼을 눌러야 한다는 말을 사장님이 항상 강조하셨기 때문에 곧장 책상으로 뛰어가 버튼을 눌렀습니다. 경찰차가 주유소 앞에 정차하더니 경찰관 두 분이 차에서 내리더군요.

"아르바이트생인가 보네요? 사장님 어디 계세요?"

신기하게도 그 타이밍에 사장님이 나와 경찰들과 인사를 나눴고 서로 대화를 주고받더니 사장님은 조그만 종이가방을 경찰에게 건네더라고요. 그렇게 한참 이야기를 하다 경찰들은 돌아갔죠.

나이를 먹은 지금이야 상자에 든 게 뭔지 추측이 가능하지만 그 당시 순진하고 사회 물정을 전혀 몰랐기 때문에 별 생각 없이 넘어갔어요.

경찰차가 떠나고 한동안 조용하다가 새벽 4시에서 5시 사이, 응급차가 주유소로 들어오는 겁니다. 그리고 구조 대원으로 보이는 남자분이 차에서 내려 사장님이 있는 사무실로 들어가려고 하는데 안에서 문을 잠가놨는지 열리지 않았죠. 결국 절단기로 문을 따고 들어갔는데 안에서 이상한 소리가 들리는 겁니다.

저도 서둘러 사무실 쪽으로 가봤더니 너무 끔찍한 모습이었어요. 사무실 안에는 수많은 돈과 화투패가 보였고 남자 두 명이 피를 흘리고 쓰러져 있더군요. 곧 이어 경찰까지 도착했고 사장님이 수갑을 차며 경찰과 대화를 하는 걸 듣게 됐는데 어린 나이에 너무 충격적이고 소름이 돋더라고요.

"겁만 주려고 살살 찔렀는데 쉽게 죽을 줄 몰랐네. 그냥 조용히 넘어갈 수 없겠습니까?"

"아 그러게 살살 좀 하지. 구급대가 먼저 목격해서

상황이 안 좋아."

이런 대화를 들었죠. 사장님은 저보고 당분간 휴가라고 웃으면서 말했고 그날이 주유소 마지막 알바가 되었습니다. 그 후로 어떻게 됐는지 알 수 없지만 지금 와서 생각하면 정말 무서운 사건에 휘말릴 뻔한 거죠. 사무실 안에서는 불법 도박이 이루어진 거고 돈을 잃자 칼부림까지 났는데 저는 주유소 알바를 가장해 도박장 망을 봐준 거라는 생각이 들었습니다. 다행히 알바를 한 지 얼마 되지 않아 전혀 몰랐다고 진술해 별 탈 없이 넘어갔지만 만약 그 일을 계속했더라면 공범으로 구속까지 될 수도 있었으니, 생각만 해도 정말 섬뜩했죠. 처음 면접을 봤을 때 사회 초년생, 그리고 주유소 경력이 없는 사람만 모집한다고 한 이유가 이런 범죄 행위를 하기 위해 그랬던 건지도 모르겠습니다.

　　사건이 일어난 주유소는 5년 전만 해도 휴업 중이라고 되어 있었는데 최근에는 철거하고 다른 건물이 생겼더군요. 사람을 죽이고 나서 웃으면서 이야기했던 주유소 사장님 얼굴을 잊을 수가 없습니다. 너무 섬뜩했던 일이었고 정말 큰 경험이었다고 생각하며 살고 있습니다.

나만 아는 일주일

　　제가 경기도에서 약품 공장 생산직으로 근무할 때
있었던 일입니다. 이 사건 때문에 불면증까지 생겼고 아
직까지 사람이 너무 두렵습니다. 당시 저는 결혼 3년 만
에 아내와 헤어지고 돌싱이 되어버렸습니다. 아이는 부
모님이 봐주시는 덕분에 육아는 하고 있지 않지만 금
전적으로나 정신적으로 많은 힘든 날을 보내고 있었죠.
돈은 필요한데 취업은 마음대로 안 되고 제 자신이 너무 답답했습니다.

그래도 포기하지 않고 면접을 보러 다녔고 하늘이 도왔는지 좋은 제안을 받게 됐죠. 남들이 볼 땐 아닐 수도 있지만 그 당시 저의 상황에서는 최고의 조건이었습니다. 경기도에 위치하는 약품 공장에서 근무하는 학교 선배가 있었는데 일자리가 필요하면 취업까지 도와준다고 하더라고요. 고민할 겨를도 없이 당장 일하고 싶다고 말했고 주말이 지나 월요일 오전 면접을 보게 됩니다. 공장장님과 이야기 후에 최종적으로 사장님을 만나 다음날부터 근무하기로 확정을 받았죠. 꼬여버렸던 제 인생이 조금이나마 풀릴 것 같은 느낌을 받았습니다.

하지만 정말 큰 문제가 생기기 시작했죠. 회사는 직원 30명 정도 일하는 작은 곳이었는데 먼저 들어온 직원들이 저를 불편해하는 눈치였어요. 그 이유가 선배를 통해 취업했다는 것이었습니다. 제가 생각해도 어느 정도 이해되는 부분이었죠. 선배는 공장에서 팀장 자리를 맡고 있었고 꽤 비중이 큰 직책이었습니다. 조금 과장해서 말하자면 선배가 없으면 일이 안 될 정도로 입지가 컸고, 사장님과 공장장님까지 인정해주는 에이스였죠. 그러다 보니 실수를 해도 먼저 들어온 고참들이 저를 다그치지 못하는 상황이 있었습니다.

하지만 한 사람은 달랐는데 그건 작업반장이었어요. 낙하산으로 입사한 제가 마음에 안 들었는지 업무와 상관없는 이야기를 꺼내며 지적을 하는 겁니다. 입사한 지 얼마 안 되었을 때는 이해를 했지만, 시간이 흘러 반년이 넘었는데도 텃세를 부린다는 느낌으로 이유 없이 시비를 걸었죠. 어쨌든 저는 사원이고 반장보다 아랫사람이니 꾹 참고 일했지만 가끔 심한 언어폭력을 들으면 속이 많이 상했습니다. 그럴 때마다 집에 있는 아이를 생각하고 속을 달랬죠.

그렇게 근무한 지 1년이 다 되어갈 때쯤 무서운 사건이 일어납니다. 이곳은 1년 근무를 채우는 시점에 비정규직에서 정규직으로 전환이 되는데 특별한 문제가 없는 한 거의 정규직으로 바뀌는 편이었죠. 저도 2주만 있으면 정규직으로 바뀐다는 말을 선배에게 들었고 너무 좋아서 잠도 이루지 못했습니다. 그날 탈의실에서 옷을 갈아입고 퇴근 준비를 하고 있는데 작업반장이 저를 불렀죠.

"박 씨, 그동안 고생했네. 정규직 되면 더 열심히 하고. 기분 좋은 날이니까 같이 한잔 어때?"

마음 같아서는 거절하고 집에 가고 싶었지만 평소 이런 말을 하지 않던 사람이 먼저 다가오니 거절하기가 힘들더라고요.

"예, 반장님. 그러시죠. 어디로 갈까요?"

그러자 반장은 여기서 한잔하자고 말하는 겁니다. 무슨 말이냐면, 회사 안에 조그만 쪽방 크기의 직원 휴게실이 있었는데 퇴근하고 나서 직원들끼리 식사도 하고 반주도 가끔 하는 공간이었어요. 물론 사장님도 알고 계시는 부분이었고 직원들 편의 차원에서 그랬던 건지, 아무 말씀도 하지 않으셨죠.

"예? 여기서요?"

당연히 나가서 한잔하는 줄 알았는데 여기서 먹자고 하니 조금 당황스럽더군요. 그런데 반장과 둘이서 마시는 게 아닌 다른 파트 직원 두 명과 같이 마시는 자리였습니다. 1년 가까이 같은 공간에서 일했지만 서로 맡은 업무가 달라 마주칠 일이 없어서 서먹하더라고요. 그렇게 반장님과 직원 두 명에 저까지 포함해 총 넷이서 술을 마시게 됩니다. 처음에는 어색했지만 술이 들어가니 점점 편해졌고 반장이 축하주를 만들어준다며 잠시 기다려 보라고 했죠.

"정규직 되기 전에 다들 마셨으니까 자네도 한잔해야지!"

그러고는 검은색 텀블러에 소주를 따라서 주는 겁니다. 안 마시면 이상한 분위기라 얼떨결에 술을 마시게 됐고 그 후로 전혀 기억이 없습니다. 눈을 뜨니 허름한 여관방으로 보이는 곳에 누워 있었는데 일어날 수가 없었어요. 제 팔과 다리가 노끈으로 묶여 있는 상태였고 테이프로 입을 막아 말도 할 수 없었죠. 너무 무서웠고 제가 이곳에 왜 있는지 이해가 가지 않았습니다. 아무것도 할 수 없는 상황이라 눈만 뜨고 침대에 누워 있는데 갑자기 누군가 문을 열고 들어왔죠. 얼굴에 검은색 복면을 쓴 남자 두 명이 들어와서 손과 발에 묶인 밧줄을 풀어주더군요. 그리고 화장실에 가고 싶으면 가라고 손짓을 하길래 곧장 일어나서 화장실로 들어갔습니다.

세면대 거울로 얼굴을 보니 폭행을 당한 흔적은 전혀 없었고 다만 여기에 어떻게 왔는지, 이 남자들은 누군지 전혀 기억이 나지 않았죠. 저는 경찰에 신고하려고 휴대폰을 찾았지만 주머니에는 아무것도 없었습니다. 잠시 후 화장실 문을 열더니 다시 노끈을 묶고 저를 감시하더라고요. 입을 막고 있는 상태여서 말도 못하고 있었는데 남자 중 한 명이 입에 있는 테이프를 제거해주면서 음식을 가져다주는 겁니다.

"저, 저한테 왜 이러세요. 제발 살려주세요."

저는 그 남자들에게 울면서 빌었는데 갑자기 빈 종이에 글을 써서 보여주더군요.

'일주일 후에 보내줄 테니 걱정하지 말아라.'

해가 지기 시작하자 그 남자들은 제 손발을 묶고 방을 나갔습니다. 그런 생활을 계속하다 6일째가 됐을 때 물 한 컵을 주면서 마시라고 했고 그걸 마시고 나서 기억을 잃었죠. 눈을 뜨니 제 차 안에서 자고 있었는데 지금까지 꿈을 꾼 거 같은 이상한 기분이었습니다. 주머니를 뒤져보니 차 키 말고는 아무것도 없었고 저는 가족들 걱정에 서둘러 집으로 향했어요. 집으로 들어갔더니 어머니가 한숨을 쉬며 말씀하셨죠.

"조금만 참고 다녀보지. 요즘 취업하기 얼마나 힘든데……."

저는 그게 무슨 말이냐고 하니까 어머니가 문자 하나를 보여주시는 겁니다. 4일 전쯤 제가 어머니께 보낸 문자였는데 직장 생활이 힘들어서 그만두고 일주일 동안 여행을 다녀온다는 내용의 문자였어요.

"어머니, 이 문자 제가 보낸 거 아니에요! 저 일주일 동안 감금돼서 오늘 풀려난 거예요."

어머니께 그동안 있었던 일을 말씀드렸지만 요즘 세상에 그게 말이 되냐고 믿지 않으셨죠. 너무 답답해서 어머니 휴대폰으로 선배에게 연락했지만 전화를 받지 않았습니다. 선배에게 문자를 보내 상황을 설명했더니 잠시 후 답장이 한 통이 왔죠.

'너한테 정말 실망했다. 두 번 다시 연락하지 마.'

이후 번호를 차단했는지 그 문자를 끝으로 연락이 되지 않았습니다. 회사에 찾아갔지만 선배는 아는 척도 하지 않았고 저를 없는 사람 취급하더군요. 그 길로 경찰서에 찾아가 자초지종을 설명했지만 담당 경찰은 믿기 힘들다는 표정을 짓더라고요. 사건 시간도 기억이 나지 않고 제가 감금됐던 곳이 어딘지도 모르는 상황에, 거기다 폭행을 당한 것도 아니고 분실된 건 휴대폰밖에 없으니 믿기 힘들 수밖에 없었습니다. 결국 나중에 연락 줄 테니 가보라고 하더군요. 정말 답답하고 억울했지만 제가 겪은 일주일은 저만 알고 있는 사건이 되어버렸죠.

나중에 들었던 내용인데 그날 회사에서 술을 먹고 제가 선배 욕을 했다고 소문이 났더라고요. 그리고 연락도 없이 회사에 나오지 않자 선배는 어머니가 계신 집으로 전화를 했대요. 어머니는 제 번호로 온 문자를 보고는 "얘가 그만둔다고 문자를 보내놨어요"라고 말했다고 합니다. 선배 입장에서는 자기 소개로 들어왔던 직장에서 제가 선배 얼굴에 먹칠을 한 거죠.

오랜 시간이 지났지만 오해는 풀지 못했고 경찰에서도 별 다른 소식은 듣지 못했습니다. 제가 의심 가는 건 작업반장인데 정규직을 앞두고 있는 제가 싫어서 그런 일을 계획했을지도 모른다는 생각이 들었죠. 그 사건을 겪고 사람이 정말 무섭다는 생각이 들었고 이제는 누구든 의심 먼저 하는 습관이 생겼습니다.

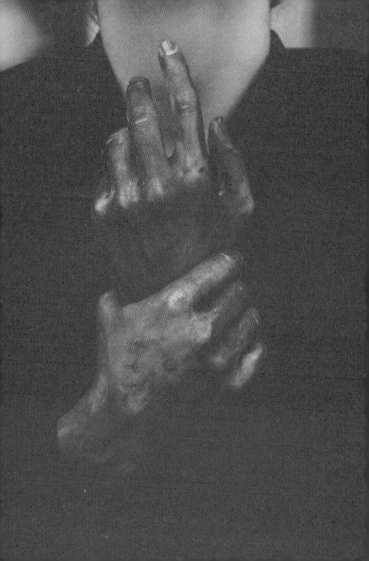

피로 쓴 메시지

저는 화물차를 운전하는 30대 기사입니다. 추석 연휴를 앞두고 바쁜 일정을 소화하고 있었죠. 밤낮이 바뀌는 건 물론이고 차 안에서 끼니를 때우는 게 일상이었습니다. 여러분도 운전하다 보면 졸음이 쏟아질 때가 있잖아요? 저는 직업 특성상 항상 졸음과의 싸움을 해야 했답니다. 끔찍한 일이 벌어졌던 그날은 밤 11시 부산에서 출발해서 다음 날 새벽 6시까지 인천 물류 창고에 도착해야만 하는 일정이었습니다. 밤낮이 바뀐 스케줄이라 몸은 피곤한 상태였고 화물차는 속도제한이 있어서 일정하게 가다 보니 저도 모르게 슬슬 졸음이 쏟아지기 시작했습니다.

그때 시간이 새벽 2시가 다 되어가고 있을 때였죠. 졸음이 미친 듯이 쏟아지길래 창문을 열고 차 안에 있던 커피도 마시고 잠을 깨려고 스트레칭도 해봤지만 결국 일시적이었고 금세 졸음이 몰려왔죠. 그때 정말 다행히도 눈앞에 '졸음 쉼터'라는 표지판이 보였습니다. 조금만 더 가면 문경휴게소가 있으니까 그리로 가려고 했지만 졸음이 너무 쏟아져 하는 수없이 졸음 쉼터로 방향을 틀었습니다. 시동을 끄고 자동차 창문을 열어두고 30분만 눈을 붙이다가 출발할 예정이었죠.

10분쯤 지났을까. 밖에서 어떤 남자의 목소리가 들렸습니다. 그 남자는 화가 난 목소리로 욕을 하더군요. 무슨 안 좋은 일이 있나 보다 싶어서 무시하고 눈을 다시 감았는데 이번에는 여자의 목소리가 들렸습니다. 미세한 목소리로 '살려주세요'라는 단어를 듣고 나서 차에서 내렸죠. 새벽 시간에다가 자동차라고는 그 차와 제 화물차밖에 없어서 그 소리가 들렸던 것 같습니다. 무슨 일인지 모르니까 담배를 한 대 태우면서 일부러 흰색 자동차 옆을 지나갔죠. 제가 지나가니까 갑자기 말소리가 멈추면서 창문을 올리더군요. 잠시 후 남자가 차에서 내리더니 여자도 같이 내렸습니다. 그러고는 남자가 여자 옆으로 가더니 어색하게 어깨동무를 하더라고요. 뭐 그때까지는 커플이 싸우다가 화해하는 그런 모습으로 보였습니다.

졸음 쉼터에는 음료수 자판기와 화장실밖에 없어서 차에서 내리면 대부분 화장실을 이용하거나 담배를 주로 태우고는 하죠. 그 커플은 화장실로 가더니 여자만 화장실에 들어가고 남자는 화장실 앞에서 기다리고 있는 겁니다. 새벽이기도 하고 여자분이 겁이 많아서 남자 친구가 기다려준다고 생각했습니다. 그리고 제가 차에서 들었던 '살려주세요'라는 말은 잘못 들었나 싶었죠.

슬슬 잠도 깼고 담배도 다 태웠겠다 차로 이동하려고 하는데 때마침 화장실에서 그 여자분이 나오더라고요. 화장실에서 나오더니 기다리고 있던 남자친구와 어색한 어깨동무를 하고 나서 차로 걸어가더군요. 그때 유심히 보게 되었는데 걷는 게 참 부자연스러웠습니다. 마치 억지로 끌려다니는 것처럼 보였죠.

그런데 순간, 그 여자분이 걸어가면서 바닥에 쓰레기를 버리더라고요. 뭔가 싶어서 자세히 보니까 쓰레기가 아니고 천 원짜리 지폐였습니다. 꼬깃꼬깃 구겨진 지폐를 주워서 펼쳐서 보니 SOS라고 피로 쓴 글씨가 있더라고요. 아직 마르지 않은 거 보니까 쓴 지 얼마 안 된 것 같아 보였고 분명 무슨 일이 있다는 생각이 들었습니다. 차에 타려고 하는 커플을 보고 이야기했습니다.

"저기요! 잠시만요!"

그리고 가까이 다가가니 점점 더 수상하더군요. 여자 얼굴을 가까이에서 보니까 분명 겁에 질린 표정이었습니다.

"왜요?"

그 남자는 매우 언짢은 표정을 지으며 거칠게 대답하더군요.

"어? 미경아! 오랜만이다. 나 기억해? 대학교 때 선배잖아. 어디서 많이 봤다 싶었는데 여기서 만나네."

저는 아무 이름을 부르면서 반가운 척을 했습니다. 그러니까 그 남자가 여자를 돌아보며 말하더라고요.

"미경아 이 사람아 알아?"

설마 제가 여자분 이름을 우연히 맞췄을 거 같지는 않고, 그 남자는 여자분 이름도 모르는 게 확실했죠. 이름도 모르는 여자분과 어깨동무를 하며 걷고, 이 새벽 늦은 시간에 차를 타고 어디론가 가는 게 의아했습니다.

"저 미경이 남자친구인데 저희가 오늘 좀 급해서 먼저 가봐야겠네요."

남자는 이렇게 말하면서 차에 타려고 하는 겁니다.

"아, 잠시만요. 오랜만에 봐서 너무 반가워서 그러는데"라고 말하고는 여자분을 돌아보며 "미경아, 번호 좀 줘라. 다음에 밥이나 한 끼 하자"라고 말을 이었어요.
그러니까 그 남자 표정이 점점 변하더라고요.

"아이, 씨×. 진짜 우리 바쁘니까 그만 가라고. 어?"

그때 여자분이 미친 듯이 뛰어 화물차 쪽으로 도망
갔고 저는 여자분을 잡으려 뒤를 돌던 그 남자 다리를
걸었습니다. 그 남자가 넘어진 틈을 타서 저도 화물차로
급하게 뛰었습니다. 여자분과 차에 타자마자 문을 걸어
잠그고 시동을 걸고 출발했습니다. 백미러로 보니까 그
남자는 칼을 들고 미친 듯이 뛰어오더라고요.

그제야 그 여자분이 울면서 말했습니다. 여자분은
퇴근길이었고 신호를 받고 정차 중이었답니다. 그때 어
떤 남자가 창문을 두드렸다고 해요. 창문을 내렸더니 그
남자가 휴대폰과 지갑을 잃어버렸다며 근처 경찰서까지
만 태워달라고 부탁했나봐요. 여자분은 그 남자가 딱해
보여서 차에 태웠더니 차에 타자마자 칼을 들이밀고 돌
변했다고 하더군요. 그리고 고속도로까지 오게 된 거였
죠. 아까 졸음 쉼터에서도 그 남자가 어깨동무를 하면서

반대편 손으로 칼을 가지고 허리를 누르고 있던 터라 저항을 못했다고 말했습니다.

여자분 이야기를 듣고 나서 걱정하지 말라며 달래주고 있는데 옆에서 클락션을 울리며 흰색 자동차가 따라오더군요. 알고 봤더니 아까 그 남자였고 서둘러 112에 신고했습니다. 여성분을 경찰서에 바래다주고 저는 인천으로 가려고 했으나 죽일 듯이 차를 몰고 따라오는 그 남자를 보고는 안 될 것 같았습니다. 고속도로에서 30분가량 차로 실랑이를 하는데 뒤에서 경찰차 사이렌 소리가 들리자 그 차는 잽싸게 도주했습니다. 결국 그 남자는 경찰에 검거되었는데 범행 이유가 딱히 없다고 하더군요. 죄질이 매우 불량하지만 범행을 인정하며 잘못을 반성하고 있고 초범인 점을 고려해 살인미수 혐의로 5년형을 선고받았다고 했습니다.

저는 그날 스케줄이 늦어져 업무에 차질이 생겨버렸지만 그 여자분은 저의 여자친구가 되었습니다. 위로해주며 연락하다 보니 마음이 가더군요. 여자친구는 그 일로 인해서 운전을 전혀 하지 못하게 되었고 현재도 심리치료를 받고 있습니다. 하지만 이제 위험한 일은 없을 겁니다. 제가 옆에서 평생 지켜줄 생각이니까요.

괴들남 (김성덕)

유튜브에서 '괴담 들려주는 남자―괴들남' 채널을 운영하는 중이다. 구독자가 겪은 사연을 제보받아 영상으로 제작한다. 일상의 뒷면에는 우리가 모르던 소름 돋는 이야기가 숨어 있다. 많은 사람이 부정하지만 한 번이라도 경험하고 나면 인정할 수밖에 없는 이야기를 생생하게 전달하기 위해 오늘도 노력한다.

———————

괴들남의 현실공포
❶ 산 사람을 위한 제삿밥

초판 1쇄 발행 • 2023년 4월 30일

지은이 • 괴들남(김성덕)
펴낸이 • 김동하

펴낸곳 • 부커
출판신고 • 2015년 1월 14일 제2016-000120호
주소 • (10881) 경기도 파주시 회동길 445 402호
문의 • (070) 7853-8600
팩스 • (02) 6020-8601
이메일 • books-garden1@naver.com
인스타그램 • www.instagram.com/thebooks.garden

ISBN 979-11-6416-150-8 (00810)